DRESSLER

Doro Ottermann

TATORT: AUSRADIERT!

Dressler Verlag • Hamburg

Doro Ottermann

Kritzel Krimi

TATORT: AUSRADIERT!

Dressler Verlag · Hamburg

Draußen regnet es mal wieder Bindfäden. Seit Stunden sitze ich still in meinem Versteck auf dem Schreibtisch im Schein der Laterne und warte auf die richtige Gelegenheit. Nun ist es endlich so weit: Nur noch wenige Zentimeter trennen uns voneinander. Wir starren uns direkt in die Augen. Ich halte kurz inne, um diesen besonderen Moment etwas auszukosten, bevor ich das tue, was ein Kommissar tun muss. Laut und bestimmt sage ich die drei magischen Worte:

SIE. SIND. VERHAFTET!

Mit trüben Augen glotzt mich das Eiersalatbrot in meiner Hand verständnislos an und lässt sich, ohne Widerstand zu leisten, festnehmen. Mann, ist das alles öde hier!!

Seit vielen Jahren arbeite ich jetzt als Kriminalfüller für eine Autorin. Ein Leben voller Action, Nervenkitzel und Adrenalin. Also normalerweise. Aber jetzt ist sie schon seit Wochen im Urlaub, und hier ist nichts los. Nichts zu ermitteln. Absolut gar nichts. Nur dieser elende Papierkram. Von morgens bis abends. Es ist zum Mäusemelken. Ich will was erleben!

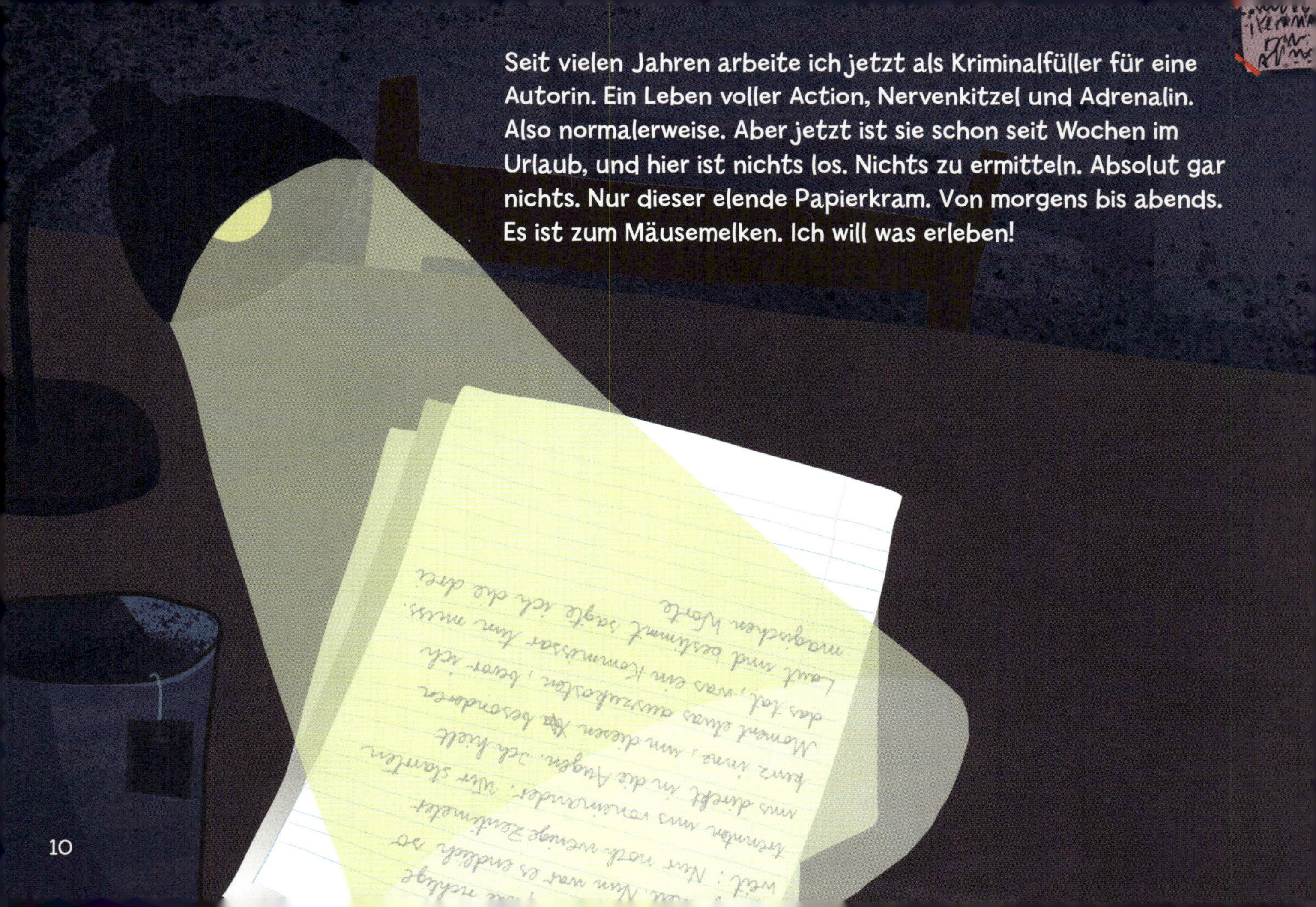

Wenn nichts passiert, muss man was passieren lassen. Ich erhebe meine eingerosteten Knochen vom Papier und lasse ausgiebig mein Gewinde knirschen. Dann nehm ich Anlauf und kicke die Federtasche vom Tisch. Mit einem müden *UFF!* knallt sie auf den Boden.

Und jetzt? Jetzt liegt sie da unten und es passiert trotzdem nichts. Na super. Wenn jemand hier wäre, könnte ich den ~~zwingen~~ bitten, sie wieder aufzuheben. Und mir hier Gesellschaft zu leisten. Ich hab's! Ich brauche eine NUMMER ZWEI, so wie jeder andere Kommissar! Immer nur allein zu ermitteln ist doch Käse.

Ich springe vom Schreibtisch, lande leichtfüßig neben der Federtasche und sehe mich etwas um. Vielleicht lässt sich hier unten in den Schatten eine NUMMER ZWEI auftreiben. Irgendwo.

Fehlalarm. Dachte, ich hab was gehört. In der Federtasche auch kein Mucks. Sind meine Kumpels da drinnen etwa bewusstlos? War wohl doch ein heftiger Aufprall. Dabei hätte einer von denen ja meine NUMMER ZWEI sein können.

Dann später. Wenn sie wieder wach sind. Und nicht sauer auf mich oder so ...

BOAH, was ist DAS denn?! Riesige Augen, die mich anstarren?

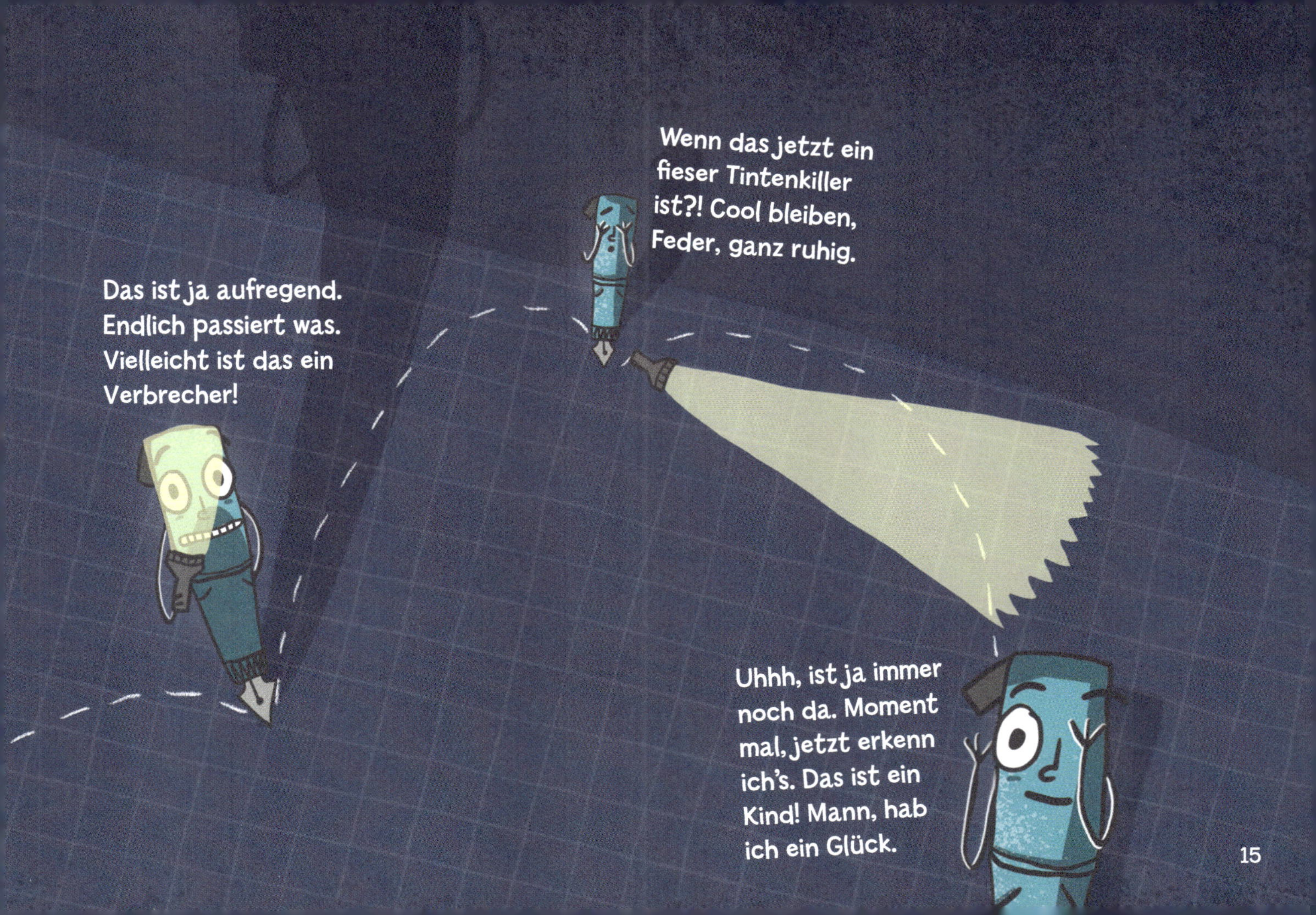
Das ist ja aufregend. Endlich passiert was. Vielleicht ist das ein Verbrecher!
Wenn das jetzt ein fieser Tintenkiller ist?! Cool bleiben, Feder, ganz ruhig.
Uhhh, ist ja immer noch da. Moment mal, jetzt erkenn ich's. Das ist ein Kind! Mann, hab ich ein Glück.

Äh, HALLO!

DU hast nicht zufällig Lust, mit mir zu arbeiten? Also, für mich?

Mein Name ist Feder. Aber du kannst mich „Kommissar Feder“ nennen, ich bin ein Kriminalfüller. Ich schreib spannende Bücher. Na ja, mit mir wurden spannende Bücher geschrieben. Aber jetzt ist Flaute. Fürchterlich.

Hier ist viel zu wenig los. Ich brauch einen Fall, ich muss ermitteln. Rumsitzen und Nichtstun ist nicht mein Ding. Ich will Abenteuer und miese, fiese Typen, massenweise. Du musst mir helfen!

Wie, du willst nicht?! Nee, nee. Vielleicht kann ich dich ja damit überreden ...

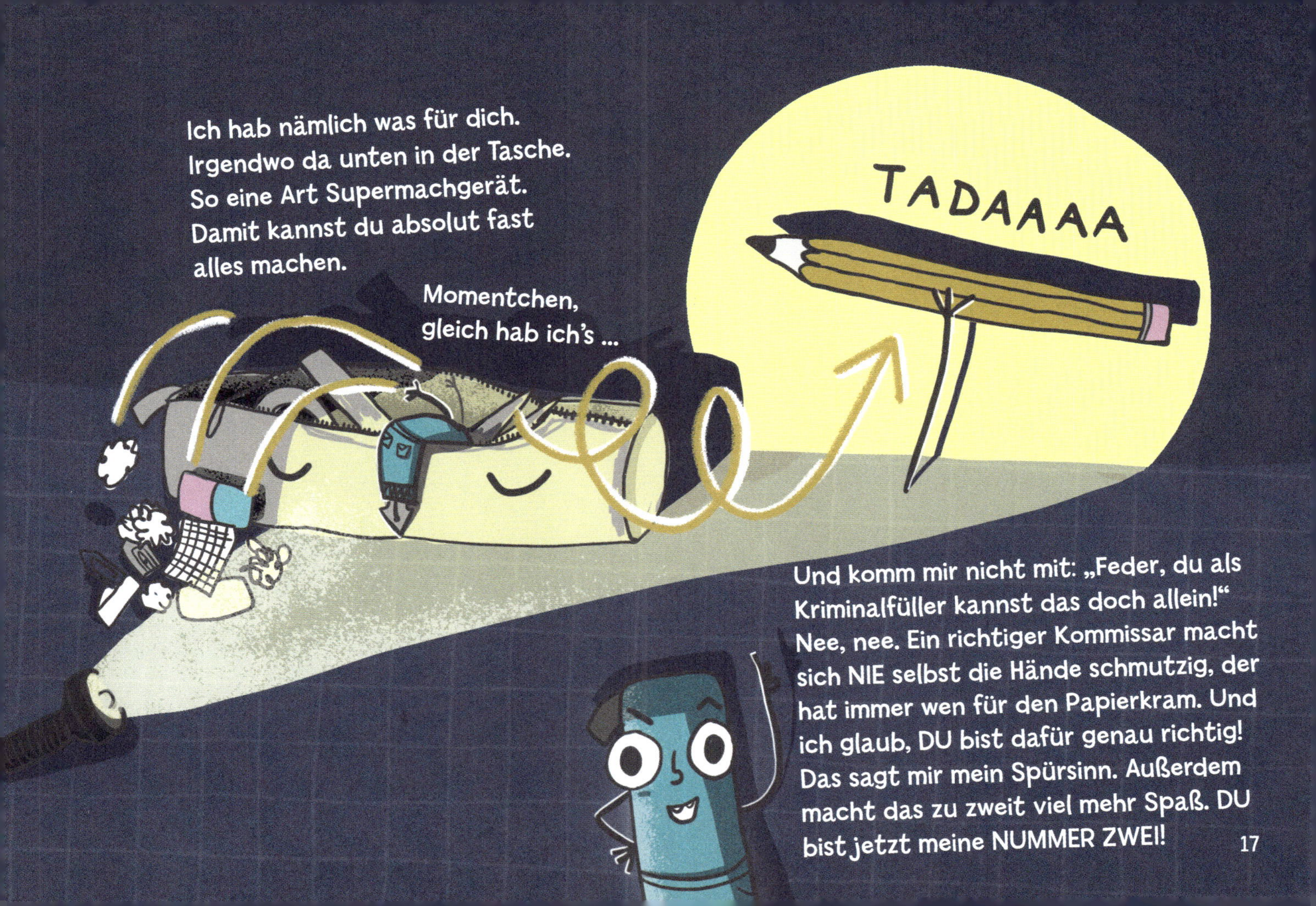
Ich hab nämlich was für dich.
Irgendwo da unten in der Tasche.
So eine Art Supermachgerät.
Damit kannst du absolut fast
alles machen.
Momentchen,
gleich hab ich's ...
TADAAAA
Und komm mir nicht mit: „Feder, du als
Kriminalfüller kannst das doch allein!“
Nee, nee. Ein richtiger Kommissar macht
sich NIE selbst die Hände schmutzig, der
hat immer wen für den Papierkram. Und
ich glaub, DU bist dafür genau richtig!
Das sagt mir mein Spürsinn. Außerdem
macht das zu zweit viel mehr Spaß. DU
bist jetzt meine NUMMER ZWEI!

Jetzt fragst du dich bestimmt, was du als NUMMER ZWEI so machen musst. Ganz einfach. Du hast zwei Aufgaben. Erstens: Du machst alles, was ich sage.

Und zweitens: Hol dir einen Stift. Jetzt sofort. Diesen hier kann ich dir leider nicht geben, das ist das Vorführgerät.

Ich zeig dir, wie großartig das Supermachgerät fürs Arbeiten funktioniert. Denn man kann damit nicht nur Kritzeln, es hat noch viel mehr zu bieten!

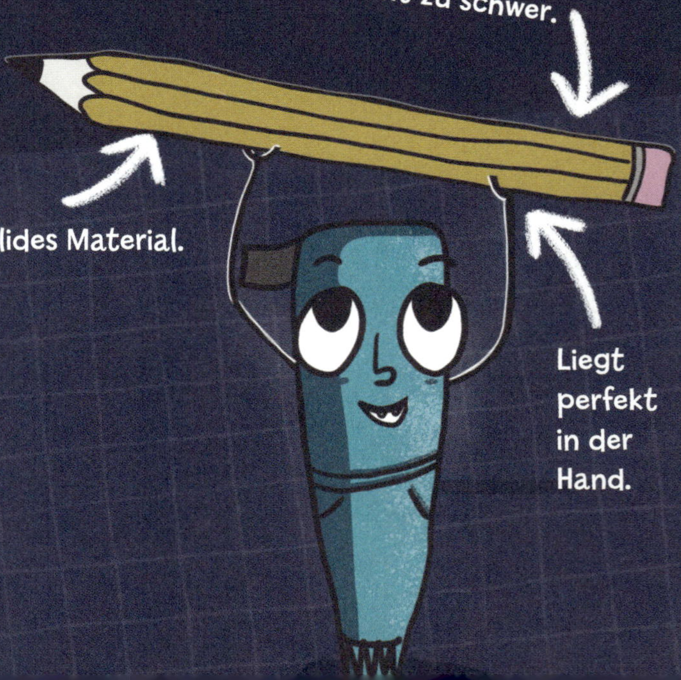

Hier vorne ist die gefäääääährliche Stelle. Da muss man höllisch aufpassen, dass nichts ins Auge geht.

Und mhh, das weiche Ende. Das mag ich. Kann man drauf rumkauen, wenn man nervös ist, beruhigt top die Nerven.

Es ist großartig, multifunktional. Und: sogar elastisch!!

Oh. Äh. Ups. Macht nichts, kann passieren. Den langen Teil kann man noch prima benutzen, ich leg's mal schnell zurück in die Federtasche. Schwamm drüber. Und den Stummel, hm.

Ich hab's. Jetzt kannst du das direkt mal ausprobieren! Kritzle mir hier 'nen Mülleimer, dann werf ich den Stummel da rein.

Das klappt ja prima! So machen wir das im ganzen Buch. Überall, wo solche weißen Lücken sind, musst du sie füllen, deine Arbeit ist maximal wichtig. Nur so können wir einen Verbrecher ergreifen und unseren Fall lösen.

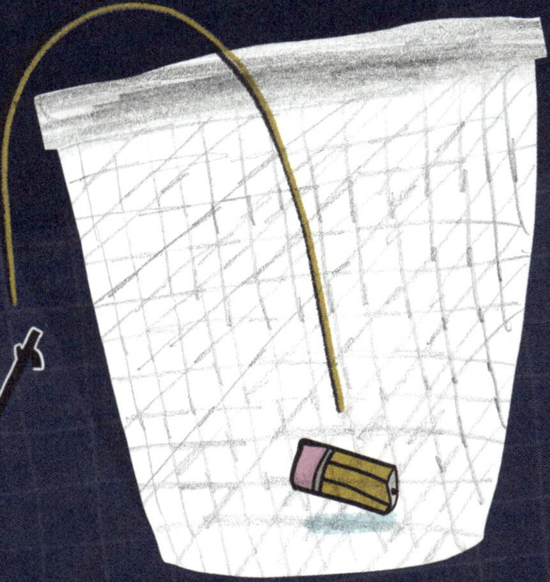

Wenn du schon dabei bist:
Schmier mir ein Brot.
Hier direkt in meine Hand.

Jetzt fragst du dich bestimmt, welchen Fall wir denn zum Kuckuck eigentlich lösen wollen, stimmt's? Also, pass mal auf: Mir ist zu Ohren gekommen, dass hier in der Gegend ein fieser Tintenkiller sein Unwesen treiben soll. So ein riesengroßer, gruseliger, der aus mysteriösen Gründen auf einem Rachefeldzug gegen Tinte ist. Das schmeckt mir gar nicht.

Ich hätt den schon laaaange alleine festnehmen können, natürlich. Aber jetzt bist DU ja endlich hier, also lass uns zusammen losziehen und dann schnappen wir uns den Schurken! Und zwischendurch: 100 Prozent Abenteuer, 100 Prozent Spaß, Null Prozent öde. Klingt das gut für dich?

☐ ja ■ super ☐ maximal großartig!

Sehr gut. Das dacht ich mir schon.

Noch vor der Morgendämmerung brechen wir auf, um den Tintenkiller zu schnappen. Mutig setze ich an zum ersten Schritt unseres Weges ... unseres Weges ... unseres ...

Je schlechter, desto besser. Das gilt nicht nur für Bösewichte, das gilt auch fürs Wetter. Nichts schreit mehr nach Kriminalabenteuer als Pfützen und trübe Plörre, die in rauhen Mengen vom Himmel pladdert. Nur so kommen wir in die richtige Stimmung. Also bitte kritzle hier mal 'nen anständigen Wolkenbruch.

Ich bin SO voller Tatendrang, ich könnte Bäume ausreißen. Wenn hier welche wären … NUMMER ZWEI! Kritzle mir schnell ein paar. Und dahinter immer einen unheimlichen Schatten!

NUMMER ZWEI, los, schreib mal „knack“ in die Sprechblase.

KNACK
Psst, HAST DU DAS GEHÖRT??? Da hat was geknackt! OH NEIN!!! Ob das der Tintenkiller war? Weißt du eigentlich, was Tintenkiller sind? Ich hab den zwar noch nie gesehen, aber das ist mein Erzfeind!! Ein ganz übler Typ. Der killt Tinte!!! Mit seinen riesigen Händen! Vor dem muss man sich jederzeit in Acht nehmen!

Wenn ich DEN in die Finger kriege … Aber Mist, hier geht’s erst mal nicht weiter. Ein Abgrund! Dieser Weg ist genau nach meinem Geschmack. Da unten wimmelt es nur so von Schlangen, Piranhas und anderen Widerwärtigkeiten, die DU mir großzügig hinkritzelst.

Auch auf der anderen Seite lauern Gefahren. Es ist herrlich! Auf der Wiese wachsen unzählige, extrem hässliche, fleischfressende Pflanzen. Diese grimmige Wolke am Horizont sieht hochinteressant aus. Und dann ist da plötzlich so ein leises, wimmerndes Geräusch ganz in der Nähe ...

Wie ein wahrer wild gewordener Kommissar, der die Gefahr liebt, stürze ich mich mutig auf den Verdächtigen.
Hände hoch, Sie sind festgenommen!!
Oh, du bist ja ganz klein. Also, den Tintenkiller hatte ich mir anders vorgestellt. Zeig mal deine Hände!
Äh, der hat gar keine. NUMMER ZWEI, kritzle dem mal welche.
He, Kleiner, was bist du denn für einer? Doch nicht etwa ein Tintenkiller?
Hä? Weiß ich nicht. Könnt ihr mir helfen? Ich weiß nicht, wo ich hinsoll.
Hmmm. Lass mich kurz nachdenken.

Wie aus dem Nichts taucht der hier auf. Komischer kleiner Kerl. Sieht auf den ersten Blick total harmlos aus, aber: Das könnte täuschen. Ich werd ihm etwas auf den Zahn fühlen.
Wo kommst du her?
Von DA.
Und warum hast du geweint?
Gerade neu auf der Welt, da hör ich schon diese schrecklichen Gemeinheiten. Also renn ich weg, bis DU einfach auf mich raufspringst! Egal, wo ich hinkomme, überall ist es blöd.
Das tut mir leid. War keine Absicht. Wir sind Kriminalisten auf der Suche nach einem Fall. Wir dachten, du bist ein Tintenkiller oder irgendein anderer Ganove.
Hä??
Na, ein Fiesling, jemand, der nur an sich denkt und durch und durch schlecht ist.
So einen kenne ich!

Bazinggg. Da zuckt's mir doch direkt hinter meinem abgebrochenen Clip. Das fängt hier ja maximal vielversprechend an!
Super. Führ uns zu ihm, dann stellen wir den zur Rede und verhören ihn!
NIEMALS! Das ist ein Monster!
Außerdem bin ich SO schnell gerannt, konnte mir den Weg nicht merken. Kann ich nicht bei euch bleiben? Das klingt viel lustiger.
Das geht leider nicht, wir müssen echt weiter, Kriminalistenarbeit erledigen. Aber NUMMER ZWEI kann dir ein hübsches kleines Häuschen kritzeln, da kannst du drin wohnen. Na, wie klingt das?
Hm, nö.
Kann ich vielleicht lieber so 'n Ding haben, wie deine NUMMER ZWEI da hat?
JAAA, bitte.
Du meinst einen Stift?
NUMMER ZWEI, mach mal!

Gemeinsam mit DIR probiert ~~der Tintenkiller~~ das kleine Wesen den neuen Stift aus und zeichnet als Erstes ein/e

____.

Oha. Das sind viele! Das wird mir aber doch zu heikel. Wenn die uns jetzt hier festquatschen, dann wird das nichts mit dem Tintenkiller. Ich hab nur eins im Sinn: weg hier, und zwar schnell. NUMMER ZWEI, was denkst du? Wir

- [ ] sollten helfen, obwohl wir was Besseres zu tun haben.
- [x] müssen helfen, weil die uns dringend brauchen.

Na gut, ich geb mich geschlagen. Minimal helfen find ich okay. Aber ihr plötzliches, zahlreiches Auftreten macht mich misstrauisch: Da ist was faul. Ich werd die Kleinen genauer aushorchen. Das geht am besten, wenn sie abgelenkt sind. NUMMER ZWEI, verteil da drüben mal ein paar Stifte und zeig allen, was sie damit anstellen können!

Unauffällig beobachte ich die Skribblinge. Falls die wirklich fies sind, könnt ich gleich die ganze Bande verhaften, 24 Verhaftungen gleichzeitig!!! DAS wär was.

Aber da hat mein Spürsinn mich wohl getäuscht, die sind nicht fies. Alles, was sie wollen, ist: KRITZELN!!! DU musst ihnen nur zeigen, wie man etwas zeichnet, und schon machen sie ihr eigenes Ding draus. Im Nullkommanix habt ihr 'ne ganze Stadt gekritzelt, mit Geschäften und Parks und so!

Auch auf den zweiten und dritten Blick scheinen die völlig harmlos zu sein. Überall purzeln sie durcheinander. Völlig versessen auf Stifte, malen alles voll und sehen irgendwie sogar selbst gekritzelt aus. Diese, ja, was sind das eigentlich für Dinger?

Dieses unheimliche Geknacke! Sehr verdächtig. NUMMER ZWEI, halt bloß die Augen auf. Irgendwas stinkt hier ganz gewaltig. Moment mal!! Was? Entweder sind die Stifte kaputt oder jemand pfuscht uns ins Handwerk. Der Turm ist weg! Und hat Brille nicht gerade ein Kino gekritzelt, wo ist das jetzt? Gestohlen? Gekillert? Wer war das?!

Ich hab's: Wir stellen dem Unbekannten eine Falle! Kritzel hier in die Lücke ein neues Kino, NUMMER ZWEI. Und dann legen wir uns auf die Lauer. Vielleicht ertappen wir den Übeltäter auf frischer Tat.

HA! Haben wir dich, du bist umzingelt! Hä, wo isser denn hin?
Und wo ist denn das schöne neue Kino hin?! Das glänzt durch
Abwesenheit. An seiner Stelle liegt nur ein kleiner Zettel. WOW.
Das ist er also. Unser erster richtiger Tatort!

NUMMER ZWEI, hier muss sofort alles abgesperrt werden! DU musst Absperrband kritzeln! Und heb vorsichtig den Zettel auf, das ist ein Beweismittel, der kommt hier in die Tüte. Lies mal vor, was draufsteht.

Die Wolken sind nicht sonderlich gesprächig und suchen das Weite, das ist echt mal wieder typisch Wolken. Die Skribblinge könnten allerdings gute Zeugen sein, die bringen wir jetzt zum Reden, NUMMER ZWEI!
Legt mal kurz die Stifte weg! Wo kommt ihr eigentlich alle her?
Die Skribblinge sind sich einig: von DA!
?
Sehr komisch, jetzt mal im Ernst. Ihr taucht hier einfach so auf, kritzelt offenbar gern, aber irgendwer macht's sofort wieder kaputt. Da ist doch was faul! Könnte das der gewesen sein, vor dem ihr abgehauen seid? Was wisst ihr über den?

Ganz anders als die Wolken sind die Skribblinge sehr gesprächig. Wie zu erwarten war, plappern alle gleichzeitig drauf los.

Manche dieser Informationen sind offensichtlich Quatsch. Aber aus meiner Erfahrung als Kriminalfüller weiß ich: Quatsch ist nur so lange Quatsch, bis er plötzlich ein Hinweis ist. Immerhin, jetzt bin ich hellhörig, mein Interesse ist geweckt.

Hätte ich das Wörtchen ((Gefahr)) doch bloß nicht laut ausgesprochen! Was für ein Anfängerfehler. Die Skribblinge bekommen sofort Panik und rennen wild durch- und gegeneinander.

NUMMER ZWEI, ich brauche dringend ein Megafon, um mir mal schnell Gehör zu verschaffen in diesem Durcheinander.

... eine ERMITTLUNGSZENTRALE. Mit geheimnisvoller Atmosphäre. Mit Straßenlaterne vorm Fenster, unter der sich im Schatten zwielichtige Gestalten herumtreiben können. Mit dreckigen Fensterscheiben, an die nachts der Regen prasselt. Mit Schreibtisch. Und vor allem mit einer riesengroßen Pinnwand für Hinweise und Indizien und Verdächtige. Damit wir am Schluss kurzen Prozess machen können, den Bösewicht schnappen und dann wird der mal so richtig nach Strich und Faden verhört.

Zum Glück gibt es hier genug Platz, und ich finde, genau hier ist der richtige Ort für unsere Ermittlungszentrale. Von außen muss sie natürlich maximal unscheinbar wirken, sonst weiß jeder Bösewicht ja gleich, was Sache ist.

An die Tür, die sich mit einem extrem unangenehmen, lauten Quietschknarz öffnen wird, kannst DU ein Schild hängen: „ZUTRITT VERBOTEN“. Und dann alle rauf, die nicht reindürfen. Unten bitte ein Briefschlitz in die Tür, falls uns jemand einen anonymen Erpresserbrief schicken will.

Jetzt sind wir drinnen. Oooh ja. Genau so habe ich mir das in meinen alten Krimis immer ausgemalt. Unsere eigene Ermittlungszentrale.
Hilf mir beim Einrichten, NUMMER ZWEI, damit es alles gibt, was mein Kommissarenherz begehrt.

Tote essen keine Brote
Top-GEFAHR! Teil 1
Kommissar Kätzchenschläger
Geheimtresor
Tür zum Pausenraum
Regal für meine Lieblingsbücher. Pack deine doch einfach dazu, NUMMER ZWEI!
Gummibaum
Snack-Versteck

Das absolute Prachtstück: unsere Pinnwand!

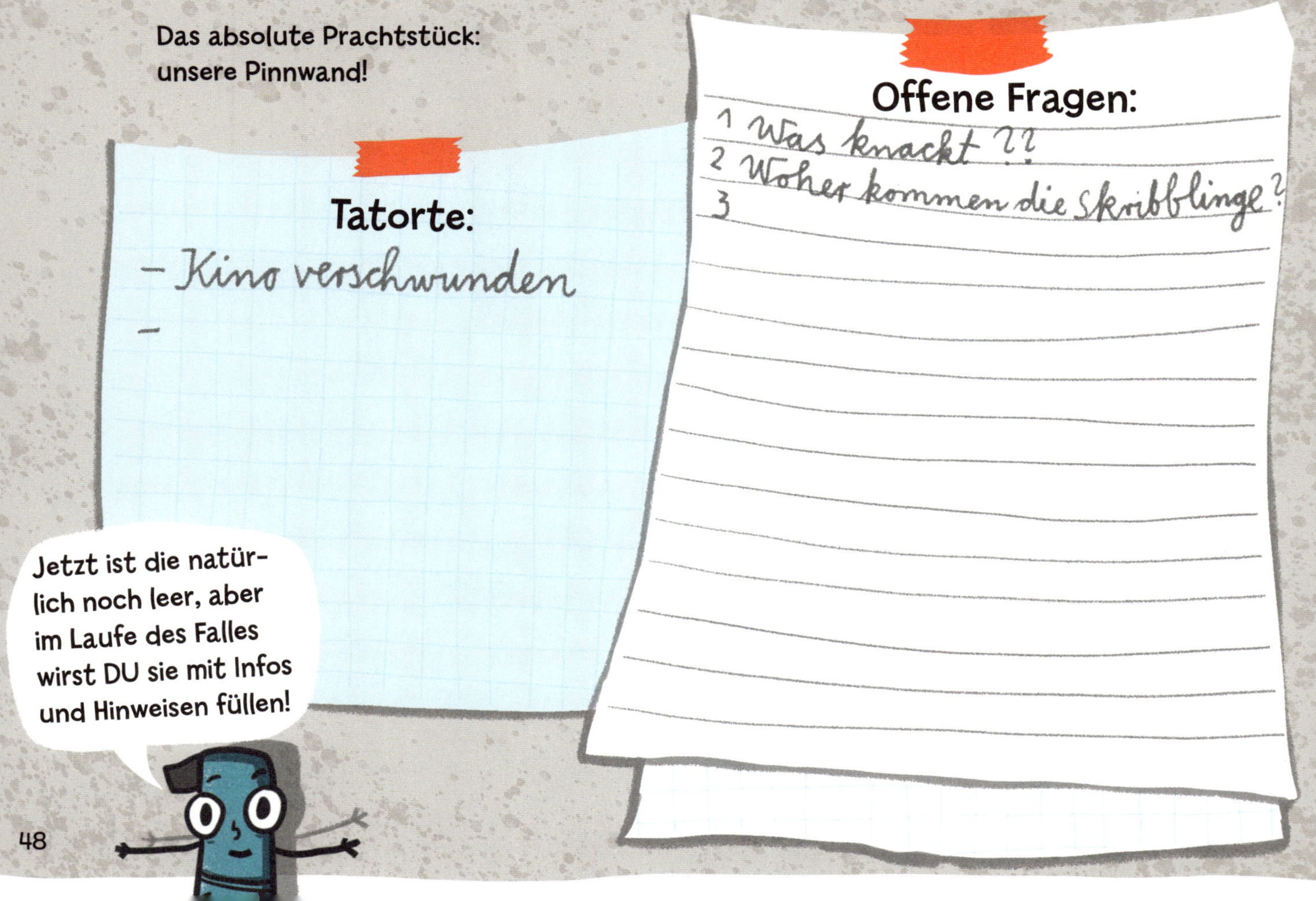

Mögliche Erklärungen der Fragen:

WICHTIGE BEWEISWÖRTER:

S. 56: ______________

S. 61: A _ _ _ _ _ _ _, Z _ _ _ _ _

S. 64: A _ _ _ _ _ _ _

S. 69: E _ _, A _ _ _, S _ _ _ _

S. 80/81: ______________

S. 82: ______________

S.108/109: V _ _ _, A _ _ _ _ _ _ _,

F _ _ _ _ _ _ _ _ _ _ _ _ _ _, Z _ _ _ _ _, Z _ _ _ _ _ _

S. 116: ______________

S. 148/149: A _ _ _ _ _ _ _, E _ _, F _ _ _ _

S. 162/163: F _ _ _ _, F _ _ _ _ _ _ _ _ _ _ _ _ _ _, Z _ _ _

Mögliche Verdächtige:

Tintenkiller ?

Name des Verdächtigen

Motiv:

Rachefeldzug gegen Tinte?

Alibi:

Sonstiges:

durch und durch gemein!!

Name

Motiv:

Alibi:

Sonstiges:

Name

Motiv:

Alibi:

Sonstiges:

Name

Motiv:

Alibi:

Sonstiges:

Name

Motiv:

Alibi:

Sonstiges:

Name

Motiv:

Alibi:

Sonstiges:

Beweismittel und Hinweise

Beweis Nummer 1:

DAS IST ERST DER ANFANG.

Sichergestellte Beweise von Seite 68:

Apfel benutzt,
kleine Dinnger
zerknüllter
Zettel
:)

Salatinfos:

Hinweise von Seite 107:

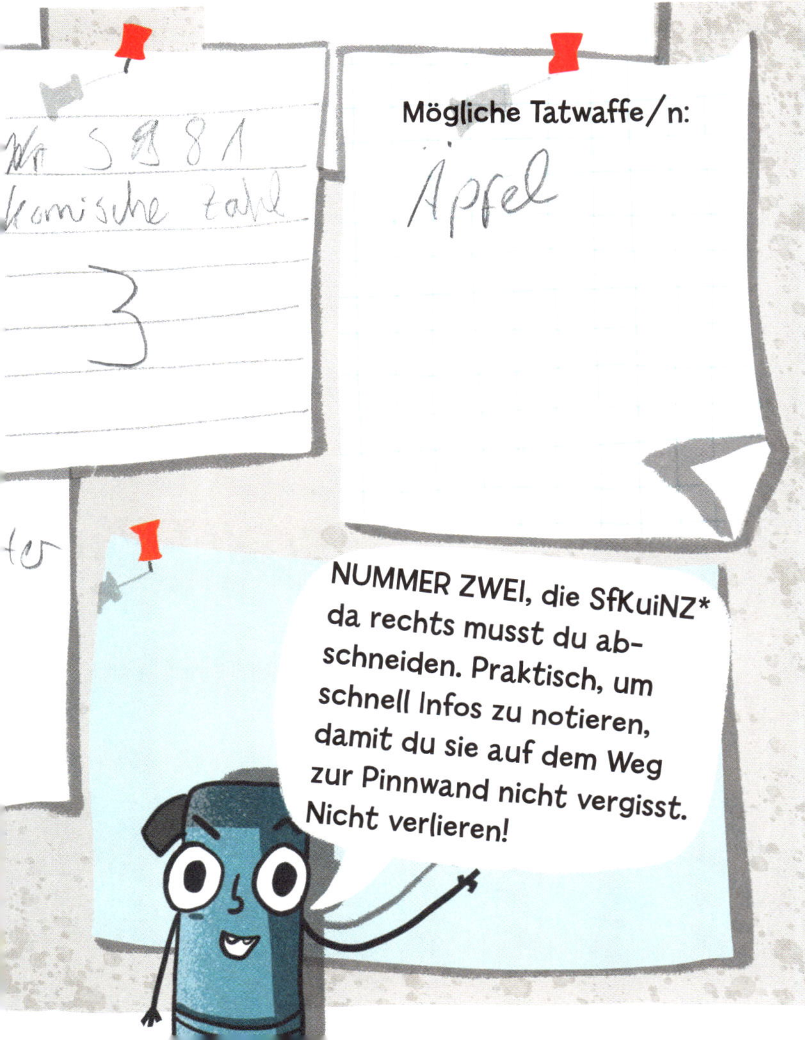

*SPICKLISTE für Kommissare und ihre NUMMER ZWEI

SfKuiNZ
(MEGAwichtig!)

1. Zeugen finden ✓
2. Beweisaufnahme
3. Befragung
4. Festnahme und der ganze Rest

Mögliche Verdächtige:

Ich bin maximal zufrieden mit der neuen Einsatzzentrale und würd gern noch eine Weile hier rumhängen. Aber ich hab auch diese kleine Hummel im Hintern, die mir zuflüstert: „Kommissar Feder, hau rein. Finde den Unbekannten, bevor es zu spät ist.“

Was war DAS denn? Das kam aus dem Eingangsbereich. Ob da jemand einen Erpresserbrief eingeworfen hat? Los, zur Tür.

Schade. Kein Erpresserbrief. Auf der Fußmatte liegen eine zusammengeknüllte Zeitung und ein minimal angedetschter Apfel. Schnell öffne ich die Tür, um nachzusehen, ob der Briefschlitzquetscher noch in der Nähe ist: Fehlanzeige.

Auf den ersten Blick scheint es ein ganz normaler Apfel zu sein. Aber als ich ihn umdrehe, packt mich der Ekel.

Dieser Apfel hat seine besten Tage schon hinter sich: angefressen und voller Würmer.
Obwohl ich mit allen Wassern gewaschen bin: Das hält mein Kriminalfüllermagen nicht aus.
NUMMER ZWEI, übernimm DU und zähl, wie viele Würmer das sind!

Nach diesem unerfreulichen Apfelzwischenfall sollten wir uns lieber der zerknüllten Zeitung zuwenden. Pulli und Brille helfen beim Glattstreichen. Sie ist grob mit Klebeband zusammengeklatscht. Nicht besonders ansehnlich. Müffelt etwas. Da waren eindeutig keine Profis am Werk.

Was soll's. Wir müssen jeden Hinweis nehmen, wie er kommt. So machen das Kommissare.
Dieser Hinweis stinkt, ist zerknickt und hat ...
Was ist das? Ein Loch! Reingeschnitten.
Nicht reingeschossen, dafür sind die Ränder zu glatt.
Diese Zeitung wurde vermutlich als Tarnung benutzt: Jemand hat sich dahinter versteckt, um uns zu beobachten. Nur wer?

Mal sehen, ob dieses Beweisstück wichtige Hinweise hergibt. NUMMER ZWEI, guck DU auch mal, ob du irgendwas Interessantes entdecken kannst. Ach, und ein Tee wär nett.

Ah, ein Schurke, der auf Rätsel steht. Na, das wollen wir doch mal sehen! Herausforderung angenommen.
Oh ja. Oberfies! Und vor allem ist es eine Lüge! Ich bin ma-xi-mal bereit, mir diesen Typen jetzt sofort zu schnappen. Die Skribblinge sind ebenfalls am Start. Alle sind bereit. Kei-ner stö- HEY!
ZEITUN
G
NUMMER ZWEI OBER NULL
10 ER PACK
TINTEN KILLER
YAY
GAMMEL
ÄPFEL !!!
SONDER
ANGE
BOT . . .
ODER
KNAPP
OBST
ICH
IE!!

Du, Feder?
WAS IST DENN JETZT SCHON WIEDER?!
Da hat einer was an die Wand der Ermittlungszent-rale geschmiert.
War das einer von euch?
Nee, guck doch mal!

NUMMER ZWEI, du bist doch hochprofessionell und assistentenschnell. Ich glaub, hier ist ein geheimer Hinweis versteckt, A_ _ _ _ _ _ _ und Z_ _ _ _ _ ! Notier das bitte auf der Beweiswörter-Pinnwand!

So, so. Der Unbekannte steht wirklich maximal auf Rätsel. Aber damit ist er bei uns genau an der richtigen Adresse, stimmt's, NUMMER ZWEI?

☐ Na klar! ☐ Selbstverständlich ☒ Aber hallo!

Unterwegs halten wir aufmerksam Ausschau nach dem Tintenkiller, einem fiesen Unbekannten, neuen Hinweisen. Wenn nur die Skribblinge nicht so viel quasseln würden.

Ich werd schon ganz fusselig in der Birne. Da bleibt natürlich die Konzentration auf der Strecke und ZACK verläuft die Spur im Sande. Genau hier! Unvermittelt bleiben DU und ich stehen. Und die Skribblinge? Nun ja, die kriegen davon nichts mit und ...

... rasseln alle ineinander. Oh nee, Maximal-verhedderung! NUMMER ZWEI, zähl mal nach, wie viele sich hier verknäult haben! Du musst diese Zahl unbedingt an der Beweiswörter-Pinnwand notieren, könnte wichtig sein.

Die Skribblinge entwirren sich und ich observiere die Landschaft. Nichts zu sehen. Doch! Dahinten unter dem, nennen wir es mal „Baum“?! Könnte das der Gesuchte sein?

Kritzle uns hier mal schnell ein Lasso, damit fangen wir ihn.
Nee, nee, keine Löcher. Hierher mit ihm.
Der kommt ins Loch und wird bestraft!

Ich zieh den Unbekannten am Lasso zu mir heran, und was muss ich da feststellen?
?

Ein absoluter Reinfall. Maximale Enttäuschung! Das ist ja nur ein Skribbling mit einer Gangstermaske.
Runter mit der Maske. Oh, der sieht total normal aus!
Nee, der sieht ZU normal aus.
Korrekt. Das ist oberverdächtig. Den müssen wir jetzt dringend so richtig verhören.
Los, wir fesseln ihn!
Nee, nicht fesseln. Das ist ein Zeuge!
Der ist verdächtig!
Ein total verdächtiger Zeuge!
Ab ins Loch!

Die Skribblinge zerren den verdächtigen Zeugen
für uns in die Ermittlungszentrale.

Zurück in der Zentrale. Ohne mit der Wimper zu zucken, nehm ich die SfKuiNZ und donner sie mit einem lauten „HA! HABEN WIR DICH!“ auf den Tisch. Das soll den Zeugen aufscheuchen und gleich mal klarmachen, wer hier das Sagen hat: WIR!
Punkt 1 kannste direkt abhaken, NUMMER ZWEI.

Jetzt schieb mal den Zettel rüber.
Hä?
Hm. Noch ein Rätsel. Mal sehen, was er darin wieder versteckt hat.
Ausgezeichnete neue Lösungszahlen! Die müssen sofort and die Pinnwand! Kommen wir zu Punkt 3.

Die Befragung findet im nagelneuen Verhörraum statt. Um unbequeme Fragen stellen zu können, brauche ich hier einen unbequemen Stuhl. Wenn du so nett wärst, NUMMER ZWEI?! Wenn doch nur der Zeuge nicht so schrecklich bockig wär!

Aus meinen alten Fällen weiß ich, das Bestechung recht nützlich sein kann, wenn man sie sparsam einsetzt. Kritzel dem mal 'nen kleinen Schokoriegel auf den Teller. Während er seinen Riegel mampft, kann ich ihm vielleicht doch die ein oder andere Information aus der Nase ziehen.

Es läuft unerwartet zäh. Aber immerhin. Der Banause plaudert. Na ja. Fast.

Endlich wird er gesprächig.

ICH? Jemandem was tun? Ich glaub, der tickt nicht ganz sauber. Ich bin ja wohl einer von den Guten, oder seh ich etwa aus wie ein Tintenkiller?! Aber was redet der denn da???

Keine Ahnung, was das zu bedeuten hat, ich versteh nur Salat. Viel zu viel Gemüse. NUMMER ZWEI, streich mal das ganze Gemüse weg!

Hätte es keine ~~Zwiebel~~sekunde länger bei dem ~~Lauch~~ ausgehalten. Der eine hat dauernd ~~Paprika~~papier geklaut und mich ~~gegrühnkohl-~~zwungen, dawirsingrauf richtig fiese Rätsel zu schreiben~~melisse~~. Der~~rübe~~ andere ~~Knoblauch~~ hat mich ge~~rosenkohl~~hauen. Nun hab ich wirklich große ~~Kresse~~ ~~Petersilie~~ Schmerzen ~~Salat~~ hier und hier und hier und auch ~~Tomaten~~ am ~~Kürbis~~kopf.

Na, geht doch! Jetzt können wir endlich mal Fakten schaffen. Mit einem Phantombild! Da hat er sich zur Belohnung, einen EXTRAgroßen Riegel verdient, stimmt's, NUMMER ZWEI?

Besonders viel weiß der Zeuge leider nicht. Aber egal. Wir freuen uns über jeden noch so kleinen Brocken, und immerhin redet er dank DEINER Hilfe keinen Salat mehr! NUMMER ZWEI, zeichne mit diesen Informationen mal ein Phantombild. Das können wir dann allen zeigen und so finden wir den rätselhafen Schurken im Handumdrehen, todsicher!
Der ist dünn, groß und irgendwas ist mit seinen Augen. Eckiger Kopf. Der meckert viel. Hat mindes-tens sooo lange Zähne und einen Säbel. Stark ist er, sicher viele Muskeln, also glaub ich. Aber wie gesagt, hab den echt nur kurz gesehen.
So, jetzt zeig her.

Stimmt das so?
Nee, irgendwie sah der anders aus. Krieg ich noch ’n Riegel?
So sah der garantiert nicht aus. Lass mich mal.
So, oder?!
Nee, der sah NOCH anderser aus.
Ich hab’s: wir brauchen MEHR Bilder! Wenn wir alle falschen Phantome ausschließen, dann MUSS am Ende das richtige übrig bleiben. Jeder malt jetzt ein Phantombild.

So ein Käse. Da hab ich mir ja was eingebrockt. Das war vermutlich nicht meine beste Idee. Überall liegen Skribblinge rum und zeichnen haufenweise Phantombilder. Selbst dabei quasseln sie ununterbrochen. Mopp und Mütze brechen einen Streit vom Zaun und beschuldigen sich gegenseitig, der Rätsel-Schurke zu sein. Die Nerven liegen blank. Ich kann so nicht arbeiten.

Sobald ich die ganze Bande rausgeschmissen hab, außer dir natürlich, NUMMER ZWEI, ist es schön ruhig. Sonderbar nur, dass man auch von draußen keinen Mucks hört. Genau genommen ist es totenstill. Ich hab plötzlich ein ganz ungutes Gefühl.

NUMMER ZWEI, ich brauch dringend etwas Nervennahrung, bevor ich diesem unguten Gefühl nachgehe. Als ich mir gerade ein ______________________ in die Kauleiste stopfe, und zwar komplett, kommt schon wieder Brille aufgeregt herbeigerannt, völlig außer Atem. Sie bricht zusammen, hechelt und spuckt mir einige verhedderte Wörter direkt vor die Feder. Unschön.

Mopp wischt das Elend auf. Und DU bringst für mich etwas Ordnung ins Wörterchaos, damit ich verstehe, was das zu bedeuten hat. Könnte ja wichtig sein. Vielleicht wurde der Verdächtige gesehen. Dann wär der Drops gelutscht und der Fall so gut wie erledigt.

Aber - oh nein! NUMMER ZWEI, siehst du, was die uns da vor die Füße gereihert hat? Mir bleibt der Happen im Halse stecken. Das müssen wir uns ansehen!!

Oh nein.
Dieser Anblick des Grauens verschlägt mir die Sprache. Wohin ich auch blicke: überall Zerstörung! Und mittendrin dieses oberhässliche, dieses ekelerregende, dieses, ja, was eigentlich ist es genau, das die Aussicht versperrt. Das reinste Chaos! Aber DU kannst zum Glück aushelfen.

NUMMER ZWEI, kümmere dich ums Rätsel, und falls das wieder so 'ne seltsame Zahl ist, schreib sie unbedingt an die Beweiswörter-Pinnwand.

Ich hab ja schon viel gesehen in meinem Leben. Aber so was?! Die schöne Stadt, komplett weg. Das ist ja noch schlimmer als ein ausradierter Kino-Tatort, das hier ist eine Katastrophe, ein MAXIMAL-Tatort!!!! Wer macht so was??? Wenn ich nicht so ein knallharter Kriminalfüller wäre, dann würd ich jetzt

☐ weinen ☐ aufgeben ☐ ______________________.

Ich seh hier so kleine Gummiwürmer. Was ist das?
Könnte ein Hinweis auf die Tatwaffe sein!
Ich fass mal kurz zusammen: Vor wenigen Minuten wurde hier ein gigantischer Tatort ausradiert. Mögliche Täter: Jeder, der einen Radiergummi benutzen kann UND fies ist. NUMMER ZWEI, notiere diese Hinweise an der Hinweise-Pinnwand, aber beeil dich, der muss noch irgendwo hier in der Nähe sein!

Oh ja. Der ist definitv noch in der Nähe. Die Zerstörung nimmt kein Ende. Direkt nebenan, wo vorher noch die Häuser um den kleinen Park standen: alles futsch. Komplett ausradiert! Stattdessen der größte Buchstabensalat aller Zeiten.

Würd mich überhaupt nicht wundern, wenn sich hier wieder Hinweise für die Beweiswörter-Pinnwand verstecken: Was meinst du, NUMMER ZWEI?!
Feder, dreh dich mal um.

Da ist Brille! Sieht aus, als hätte sie das nächste Rätsel in der Hand. NUMMER ZWEI, hilf ihr mal, bitte. Und sperr unbedingt die Löcher ab mit Absperrband, nicht dass da noch einer reinfällt und auf Nimmerwiedersehen verschwindet.

knack
Oh, da hat's wieder ge-
knackt. Hinterheeeeeer!

Mist! Ich war SO dicht dran!!! Und nun sitz ich mal so richtig in der Tinte. Nee, ich hab mich nicht eingetintet. Ich musste komplett absichtlich eine Notentleerung des Tintentanks vornehmen, um schneller rennen zu können! Aber der ist trotzdem entwischt. Und ich bin voller Tinte. Doppelmist!
NUMMER ZWEI, hol mal Mopp! Wie, der ist nicht da? Wie vom Erdboden verschluckt? Na, dann musst DU mir jetzt mal einen Lappen kritzeln, damit ich das Schlamassel wegwischen kann.

Hab den Rätsel-Schurken von hinten gesehen, aber er war verhüllt von einer riesigen Wolke aus Geschmiere.
Und wo isser jetzt?

Der Mistkerl ist mir durch die Lappen gegangen. Wollte ihn noch packen, und bin auf meiner eigenen Tinte ausgerutscht. Aber ich hatte Glück im Unglück: Beim Abhauen ist der durch die Tinte gelaufen. Die Spuren sollten wir uns näher anschauen!

Wir kriechen auf der Erde herum und wühlen. Genau so hatte ich mir dreckige Ermittlungsarbeit vorgestellt.
Feder, sind das Fingerabdrücke?
Hm. Die sehen seltsam aus.
Der könnte gigantisch sein, boah, ein Finger allein ist schon so groß.
Vielleicht geht der auf seinen Händen, um uns auf die falsche Fährte zu locken.

Diese ist rund.
Die hier ist gerade.
Total verschiedene Spuren! Da gibts nur zwei Möglichkeiten: Entweder hat der extrem unterschiedliche Gliedmaßen ... oder: Er ist nicht allein.

Schnupper mal dran, riecht das nach Tintenkiller?
Iiiiih. Ja, stinkt. Weiß nicht, nach was genau. Muffig.
Seltsam, seltsam. NUMMER ZWEI, notier mal kurz auf der SfKuiNZ: seltsamer Geruch, möglicherweise riesengroß, vielleicht nicht allein unterwegs.

So viel Zerstörung und so viele heiße Spuren und nicht den geringsten Verdacht, wer dieser Rätsel-Schurke ist. Wenn ich DEN in die Finger kriege!!! NUMMER ZWEI, hast du vielleicht einen Verdacht?
Ich muss nachdenken. Ruf alle zusammen, Treffpunkt Pausenraum.
Wer, ich?

Wie abgesprochen treffen wir uns im Pausenraum der Ermittlungszentrale. Ich hab doch gesagt, ALLE sollen kommen, aber da fehlen ein paar! NUMMER ZWEI, finde raus, wie viele fehlen, und schreib die Zahl an die Beweiswörter-Pinnwand. Die Stimmung ist maximal im Eimer. Die Stadt ausradiert, der Unbekannte auf der Flucht und jetzt fehlen auch noch Skribblinge.

Nach diesem Schock benötige ich dringend ein gemütliches Sofa zum Nachdenken. Die Skribblinge stehen ebenfalls total unter Schock und springen wild darauf herum, um ihre Nerven zu beruhigen.

So kann ich unmöglich grübeln. Es gibt bestimmt eine ausgezeichnete Lösung, aufgedrehte Leute abzulenken und selbst etwas Ruhe zu haben:

Wir brauchen eine Glotze! NUMMER ZWEI,
du musst uns ’nen Fernseher kritzeln.

Egal, welches Programm wir einschalten, überall laufen Nachrichten und Sondersendungen über die Zustände in der Stadt.

GENUG! Unverschämtheit! Solche Nachrichten braucht echt keiner. Was wir brauchen, sind Zeugen, die uns zum Rätsel-Schurken führen. Nur, wo finde ich die? Okay, jetzt muss ich wirklich nachdenken. Wie die Profis in alten Krimis sollte ich dafür konzentriert aus dem Fenster starren.

Und so starre ich eine extrem lange Weile hoch konzentriert und maximal nachdenklich aus dem Fenster. Betrachte fassungslos diese schrecklichen Verwüstungen, die der rätselhafte Schurke hinterlassen hat, während es draußen langsam Nacht wird.

Als es irgendwann wieder hell wird, kann ich meinen Augen kaum trauen.

Skribblinge. Alles voller Skribblinge! Sie stehen dicht gedrängt. Bis an den Horizont.

Blicken mich erwartungsvoll an. Das müssen Millionen sein. Mindestens.

Oh, oh, da ist mir doch glatt vor Begeisterung ein sehr schlimmes Wort rausgerutscht. Es ist aber auch wirklich unfassbar, wie viele Zeugen da plötzlich aufgetaucht sind. Das Verhör wird sicher ewig dauern. NUMMER ZWEI, du weißt, was zu tun ist: Verteil Stifte.

Das ist der dringend benötigte Silberstreif am Horizont, das Licht am Ende des Tunnels, das ... aber halt, Moment, seltsam. Die sehen alle total fertig aus, als hätte sie jemand durch einen Fleischwolf gedreht. Einige sind sogar verletzt! NUMMER ZWEI, ich brauch noch mal das Megafon, ich weiß, wie ich das mache: Ich verhöre sie alle gleichzeitig!

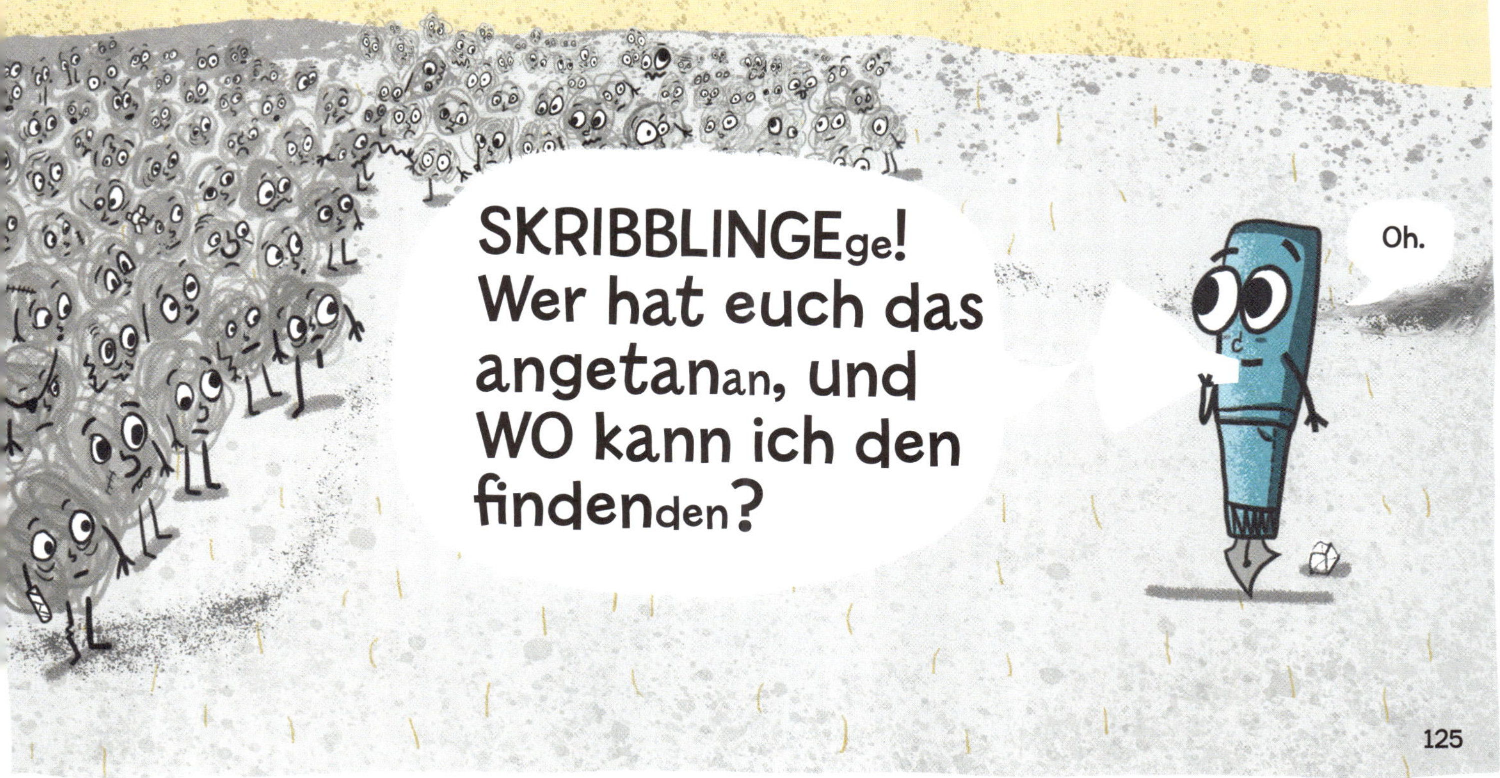

Gefahr!!!
HILFE!
Alles kaputt.
VON DA
fieser
Knack.
Gefahr!!!
DA!
wir gehn da nie nie wieder hin!
DA!
BÖSE!!
BÖSE!!

Schweigend treten die Skribblinge zur Seite und legen die gigantischste Kritzelei aller Zeiten frei.

Ich hab's geahnt. NUMMER ZWEI, wir müssen - Wer zupft denn da an meinem Ärmel, seht ihr denn nicht, dass ich hier gerade ein Maximal-Verhör durchführe?!
WIR SIND
Ja, wer zupft?
Ich kann dir ganz genau sagen, wo der ist! Der ist ...

Aber er kommt gar nicht zum Aussagen! In dieser Sekunde rollt etwas sehr schnelles Rundes auf uns zu, klebt ihm erst den Mund zu und umwickelt ihn dann mit Klebeband. Ich kann mich gerade noch in Sicherheit bringen.

Ich seh wohl nicht richtig! Das ist eine wild gewordene Rolle Klebeband. Mit einem fiesen Lachen klebt sie alles und jeden fest.
Halt den Schnabel, alte Petze. Kann dir noch ganz andere Sachen zukleben als nur den Mund. Denn ich bin Klee B. Band, das B in meinem Namen steht für BÖSE! Ich roll dich platt!
Ich roll euch ALLE platt!! Jetzt ist Schluss mit lustig Kritzeln.
So, dir kleb ich eine und dir und dir und ... He, Feder, wo steckst du? DU bist als Nächster dran!

Was für ein ätzender Typ. Dennoch: Mein Kriminalistenherz pocht vor Freude. Ist das vielleicht unser erster richtiger Bösewicht, den wir zur Strecke bringen werden? Schnell, NUMMER ZWEI, kritzle ein Gebüsch, wir müssen uns kurz zurückziehen. Lagebesprechung!

Eine Kritzelattacke! Genial! Ich halt hier seinen Zipfel fest, schnell, du musst ihn mit einem Nagel am Fußboden befestigen, ich lock ihn dann rüber, damit er sich etwas abrollt. Und dann bekritzelst du ihn mit Kram. Mit viel Kram. So lange, bis er sich nicht mehr bewegen kann.
Noch mehr Kram! Los, NUMMER ZWEI! Zeichne schneller!

Den haben wir zur Strecke gebracht! Durch Fusseln, Knöpfe, Flummis, Tassen, Teebeutel und all den anderen Kleinkram ist er bewegungsunfähig und kann ordnungsgemäß festgenommen werden. Oder?

Hände hoch! Sie sind verhaftet!! NUMMER ZWEI, zeichne dem mal Klebebandrollen-handschellen, oder Moment ...
Sag mal, bist das doch du??? Nä, ich glaub's nicht. Klebi, alte Rolle. Ich hab dich gar nicht erkannt mit der ganzen Tinte im Gesicht. Jetzt ist Schluss mit diesen Fisimatenten, hörst du? Gib's zu, du hast hier alles ausradiert! Endlich haben wir dich!!
Okay, okay, okay! Ist ja gut. Manno. Ich er-gebe mich!
Hä, was, ich? Nee, ich hab hier nichts ausradiert. Das war wer anders.

Nee, nee, so einfach lasse ich mich nicht abspeisen!

Ha, wohl. Hast selbst gesagt, das B in deinem Namen steht für „böse“, dein Angriff auf unschuldige Skribblinge und Kommissare. Zack, Beweiskette abgeschlossen. Was meinst du, NUMMER ZWEI?

- ☐ ja
- ☐ nein
- ☐ wir haben gar keine Beweise

Beweise? Ich bin kein Verbrecher, hab doch nur ein bisschen rumgedroht! Musste DEM doch helfen. Der hat sich um mich gekümmert und mir sogar einen Gangsternamen gegeben. Ich bin nicht böse, das B steht in echt für „Berge“. War ’ne Idee von DEM, weil er sich in den Bergen versteckt. In einer Schlucht, aus der es kein Entkommen gibt. So genial, da findet ihn keiner. Berge gibt’s hier nämlich gar nicht, weil die bisher niemand gekritzelt hat, ha ha!

Ich bin beeindruckt. So viel Schlauheit und Doofheit gleichzeitig sind mir in meiner langen Laufbahn als Kriminalfüller noch nicht durch die Tinte gekommen.
Oh nee, ich sollte euch doch nichts sagen.

Mit meinem knallhärtesten Verdächtigen-Verunsicherungs-Blick durchbohr ich die Rowdy-Rolle.
Sag schon, Klebi. Wo hat der Schurke sich versteckt?! WER IST ER?! Und wie lautet dein Alibi?
Mein was?
Das ist fremdwortisch für „Wo warst du, als die Stadt ausradiert wurde?"

Wie bitte? Ich fasse es nicht. Jetzt verklebt der seinen eigenen Mund mit Klebeband, um zu zeigen, wie ernst es ihm ist! Na super. Immerhin wissen wir jetzt, dass er nur ein Handlanger ist von jemand anderem, der sich in den Bergen versteckt. Notier Klebi und den Schurken mal bei den Verdächtigen auf der Pinnwand, NUMMER ZWEI!

Ah, die Skribblinge jubeln. Offenbar denken sie, dass der Fall gelöst sei! Dabei haben wir nur den Handlanger gefasst. Na gut, lassen wir sie für einen Moment in diesem Glauben. Aber wirklich nur für einen winzigen Moment. So. Moment vorbei.
Juhuuuu
Tut mir leid, Leute. So ganz stimmt das leider nicht. Der Rätsel-Schurke ist weiterhin auf freiem Fuß. Aber wir wissen jetzt, wo der steckt. Und müssen dringend weiter und Berge kritzeln.

Die Skribblinge trauen ihren Ohren nicht. Sie wollen, dass wir verdammt noch mal HIER bleiben! Und sie beschützen! Und außerdem weiß doch angeblich jeder, dass Berge unheimlich sind.
Unheimlich?

Und dass dort Gefahren lauern.
GEFAHR???

Zig absolut fadenscheinige Argumente packen sie aus, warum wir auf gar keinen Fall in die Berge dürfen, eines wirrer als das andere. Für DEINE Argumente haben sie auch noch Platz gelassen.

Aber da hab ich mich zu früh gefreut. Hier ist nichts mit „tschüss, müssen los"... Ein paar Skribblinge stellen sich mir in den Weg, um mich aufzuhalten. Mal wieder.

Wow.
Hab sofort null Angst.
Boah. Der ist super.

Endlich können wir uns um die Berge kümmern. Kritzel die hier mal hin, NUMMER ZWEI. Wow. Der Weg dorthin ist beeindruckend kurvig. Und die Berge selbst erst: beeindruckend hoch, beeindruckend breit und beeindruckend … bergig. Allerdings: Gefahren? Fehlanzeige.

Rätselschurke?? Ebenfalls Fehlanzeige. NUMMER ZWEI, ich fleh dich an, tu irgendwas, damit es hier wenigstens minimal gefährlich ist. Vielleicht irgendwo ein popeliges Monster kritzeln? Komm schon ...

KRACH.
Autsch.
Was war
das denn???

Eben geh ich noch so und ZACK lieg ich auf der Nase. Da hat mir wohl jemand ein Bein gestellt!!!
He! Moment mal, ich kenn dich! Du bist Ernst Schmidt! Wir waren Freunde, damals in der Federtasche. Was soll denn der Quatsch?!
Freunde? Feinde sind wir, du Wicht. Uns einfach links liegen lassen, das tun Freunde nicht!

Schluss mit lustig, na, packt euch die Furcht? Hier ist Ende für euch, ich lass euch nicht ____________.
Bevor ich mich komplett vergesse, gibt's jetzt gleich schön was auf die ____________!!
Ich hab Stil. Ich hab Manieren! Ich werde euch erst plagen und dann werd ich euch linieren!!
Dir, Feder, stell ich gern ein Bein. Und dann gibt's was auf die Rübe, mit einem ____________!
Manieren, pah. Dass ich nicht lache. Hart ermittelnden Kommissaren ein Bein stellen? Nee, nee, da hat ja selbst ein Klo bessere Manieren.
Und womit willst du uns plagen? Mit schlechten Reimen??

Ich verrat dir mal was über Ernst Schmidt. Das ist ein ganz geradliniger Typ. Früher war er nett, immer akkurat, hilfsbereit. Aber irgendwas ist wohl passiert. Hätte NIE gedacht, dass ausgerechnet der ein Verbrecher wird! Den würde ich nur zu gerne mal verhören. Der hat todsicher haargenaue Informationen.

Ich? Verdächtig? Mann, ihr stört! Radiergummi hab ich NIE gehört. Ich bin doch nur ein gewöhnliches Lineal. Und bewache hier das unheimliche Labyrinth. Ihr habt keine Wahl ...
Unheimliches Labyrinth??? DAS klingt interessant.
Wenn ihr weiter wollt, um den Fall zu retten, müsst ihr schneller als ich durchs Labyrinth: Wir sollten wetten. Ich geb nicht gern an, aber wisst ihr Bescheid: exakt viereinhalb Minuten sind meine Bestzeit!
LAB
YRINT
Super Idee! Wenn wir gewinnen, beantwortest du unsere Fragen! Mist, wir haben keine Uhr. Dann schätzen wir eben.
NEIN, nicht schätzen, das ist gegen meine Natur, das geht echt nur mit einer Uhr ...
Heee, wo wollt ihr denn hin, das ist Schummeln!!!

NUMMER ZWEI, du übernimmst das für mich. Rase in Rekordzeit durchs Labyrinth. Sammle auf dem Weg, der direkt zu Ernst führt, Buchstaben ein. Könnten nützliche Hinweise ergeben, das sagt mir mein Spürsinn.

Völlig problemlos schlagen wir Ernst Schmidts Bestzeit um ___ Minuten und ___ Sekunden! Der schmollt natürlich.
Das war viel zu leicht, jetzt muss ich echt grummeln! Wer von uns ist hier der Bösewicht, zumindest gemogelt hab ICH nicht! Das war erst der Anfang, gleich geht es noch weiter ...

Ach du
!!!!!
Ich weiß, so was sagt man nicht! Da fallen mir fast die Glotzlupen aus dem Kopf. Ein derart schwieriges Labyrinth hab ich noch nie gesehen! Aber ein Kommissar spielt mit allen Tricks ...
Psst, NUMMER ZWEI. Wir kürzen ab. DU zeichnest den richtigen Weg ein und malst heimlich überall Leitern und Tunnel an Stellen, die er nicht sieht!

HE! Was soll das denn da mit der Leiter?!
BLA BLA

Na, Ernst Schmidt, wer hat hier wen liniert?
Das war ohne Fairness. Das hatte null Stil!! Aber jetzt ist es wohl aus, das Spiel.
Jetzt mal Schluss mit dem Geblubber, lass doch mal Fünfe gerade sein! Spaß beiseite, Ernst: Bist du für diese ganzen Verbrechen verantwortlich? Stadt ausradieren, uns mit Rätseln bombardieren, Skribblinge angreifen und Schlimmeres?!

Nummer ZWEI, heute stellst DU ihm die wichtigen Verhörfragen.

Wo ich zur Tatzeit war? Als ob mich das juckt. Seh ich aus wie jemand, der dauernd auf die Uhr guckt?

Der blaue Fleck? Ist schon ganz blass. Da hat mir Klebi mal eine verpasst.

Der ist megaschlau. Wo er sich versteckt? Weiß ich auch nicht genau. Vielleicht hat er sich verbuddelt, dann braucht ihr 'nen Spaten. So wie bei 'nem Schatz von 'nem Piraten.

Na, geht doch. NUMMER ZWEI, das musst DU sofort auf der Verdächtigen-Pinnwand notieren: Ernst hat blaue Flecke, der Rätseltyp ist schlau und hat sich eventuell verbuddelt. Und danach befestigst DU Ernst mit gekritzelten Handschellen da unten an der Seitenzahl. Um den kümmern wir uns später. Wir müssen weiter, den Schurken finden.

Nun endlich weiter in die Berge. Der Weg ist … nee, Moment mal …
So langsam hab ich maximal genug von dem ganzen Gelatsche. NUMMER ZWEI, kannst du die Berge einfach direkt hierher vor meine Nase kritzeln, ich stell mich schon mal nach oben? Dann sind wir nämlich DA! Dass mir das nicht früher eingefallen ist. Na ja. Besser spät als nie.

Komm, wir schleppen uns noch ein Stückchen weiter, vielleicht kriegen wir da besser Luft. Aber wer schneidet denn hier Worte ab???

Hier ist die Luft dick und giftig. Und noch etwas ist seltsam: Ich versteh mein eigenes Wort nicht mehr. Alles klingt total

ab

ge

hackt.

Oha. Das ist Sheri Schnipp. Vor der hatte ich früher schon Respekt. Wenn die jetzt unser unbekannter Rätsel-Schuft ist, dann krieg ich echt Schiss. Falls die böse ist, macht die bestimmt Hacktinte aus uns.

dich
verhören!
du gestern
Tatzeit?
Bist du der
der auf
und alles
Wo kom
blauen
her?
Wie soll ich denn bitte radieren? Mit meinen Beinen oder was? So ein Stumpfsinn!
Du meinst meine Sommersprossen? Die hatte ich schon immer!
men die Flecken
Schurke, Rätsel steht, ausradiert?
Wo warst zur
Ich werde

Stimmt. Die hatte sie damals tatsächlich schon, hatte ich ganz vergessen. NUMMER ZWEI, ist diese Schere eine Verdächtige? Aber was ist ihr Motiv? Rache wegen des Sturzes? Was meinst du — halb verdächtig? Notier sie vorsichtshalber mal auf der Verdächtigen Pinnwand.

Diese Schere ist clever und zwielichtig, andererseits tut sie uns gar nichts. Bin trotzdem nicht sonderlich scharf drauf, mich an ihr zu messen. Hm. Ob sie uns helfen könnte, den Unbekannten zu finden?!

Da bricht mir doch fast der Rest vom Clip weg. Fliegt diese Mistschere einfach davon und entzieht sich dem Verhör! DAS ist definitiv mehr als nur halb verdächtig, das ist mindestens dreiviertel verdächtig. Schockschwere Not.

Schnell, zeichne uns ein Flugge-rät! Wir müssen hinterher!

Obwohl DU noch nie zuvor ein Fluggerät gesteuert hast, machst du deine Sache echt gut, NUMMER ZWEI. DU setzt die passenden Teile in die abgeschnittenen Luftwege und sammelst so unterwegs wichtige Informationen für die Beweiswörter-Pinnwand ein.

Gleich haben wir sie!
Nö!
Verflixt, die ist schnell!

In luftiger Höhe steht die Verfolgungsjagd auf Messers Schneide.
Messer? Pah, ich bin eine Schere!
Eine Schere mit einem messerscharfen Verstand bist du!

Ganz genau!
Nur eine Kleinigkeit hast du übersehen.
Niemals!
Oh doch.
Welche denn?
Naaa jaaa, genau genommen können Scheren gar nicht fliegen. Das ist komplett gegen jede Logik.

Was?
OH. Stimmt.
NEEEIIIIIIIIN ....

Ich bin stolz auf diesen Kniff. Mit Logik hab ich bisher noch jede fliegende Schere schachmatt gesetzt.
Hast du genug? Oder müssen wir noch 'ne Runde Schere, Stein, Papier spielen?
Nein. Ich geb auf. Aber ich verweigere die Aussage! Mich kriegt ihr nicht verhört.
Beleidigte Scherenwurst.
Selber.

Ich beginne natürlich trotzdem mit dem Verhör, die kriegen wir schon zum Reden!
Ich hab einfach keine Lust, euch zu helfen. Ihr seid mir viel zu durchschnittlich! Und deshalb schneid ich diese Botschaft an euch jetzt auch durch.
Ah, ein Beweisstück? Her damit!
Pöh, schnipp, schnapp. Pech gehabt.

Nein!!!
Stopp. NUMMER ZWEI, halt sie auf!

Zu spät. NUMMER ZWEI, nun musst du die Schnippsel sorgfältig ausschneiden!

Hier puzzelst DU den Zettel
zusammen und klebst ihn ein.

*Kriminalisten-Code für „Ich hab keinen blassen Schimmer, was das zu bedeuten hat."

Na toll. Wir starren auf den Zettel, werden nicht schlau draus, und Sheri Schnipp macht sich auch noch lustig über uns!
Leute. Das dauert jetzt aber. Da krieg ich ja fast Mitleid. Okay. Ich helf euch mal auf die Sprünge. Erstens: Mich kannste mal von deiner tollen Liste mit dem bescheuerten Namen streichen. Und zweitens hältst du die Lösung in den Händen.

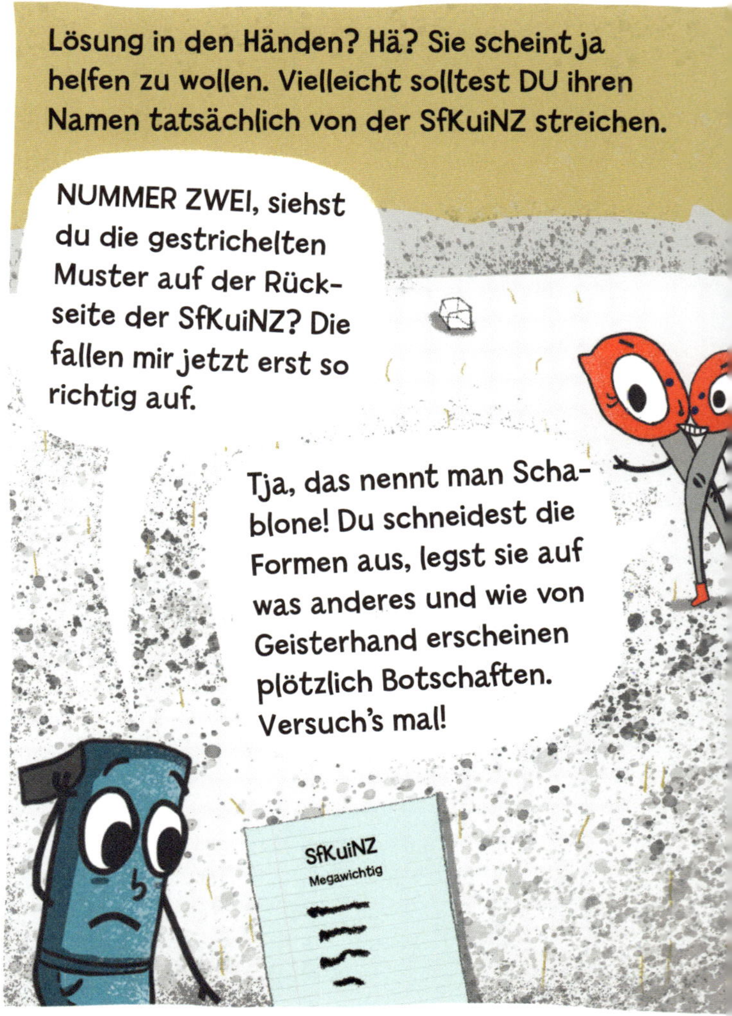
Lösung in den Händen? Hä? Sie scheint ja helfen zu wollen. Vielleicht solltest DU ihren Namen tatsächlich von der SfKuiNZ streichen.
NUMMER ZWEI, siehst du die gestrichelten Muster auf der Rückseite der SfKuiNZ? Die fallen mir jetzt erst so richtig auf.
Tja, das nennt man Schablone! Du schneidest die Formen aus, legst sie auf was anderes und wie von Geisterhand erscheinen plötzlich Botschaften. Versuch's mal!
SfKuiNZ
Megawichtig

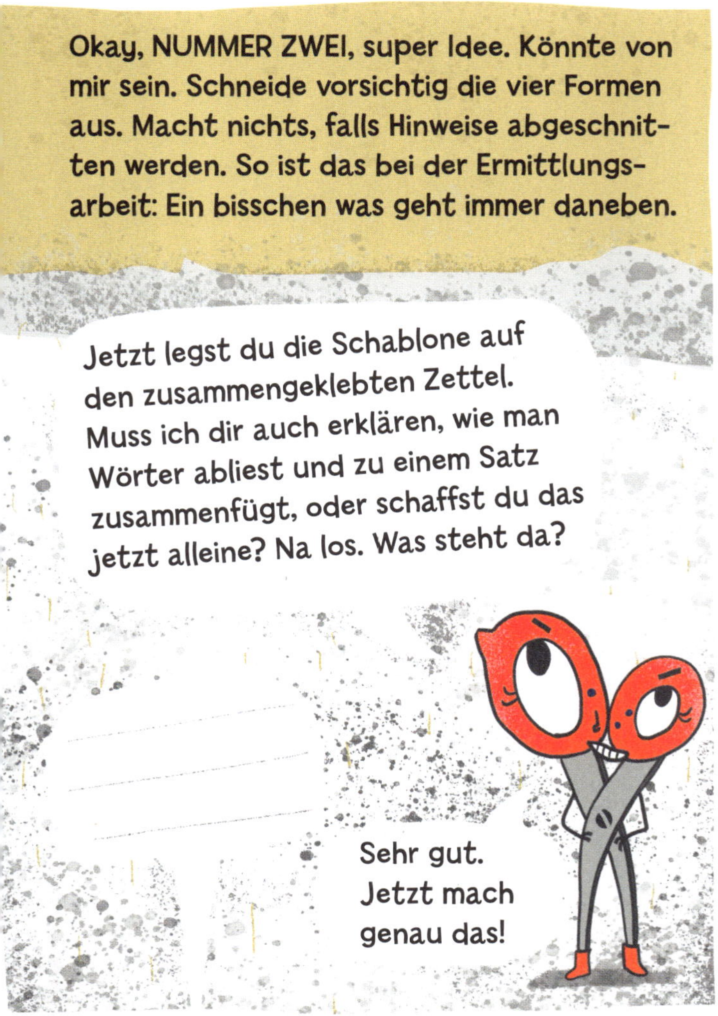
Okay, NUMMER ZWEI, super Idee. Könnte von mir sein. Schneide vorsichtig die vier Formen aus. Macht nichts, falls Hinweise abgeschnitten werden. So ist das bei der Ermittlungsarbeit: Ein bisschen was geht immer daneben.
Jetzt legst du die Schablone auf den zusammengeklebten Zettel. Muss ich dir auch erklären, wie man Wörter abliest und zu einem Satz zusammenfügt, oder schaffst du das jetzt alleine? Na los. Was steht da?
Sehr gut. Jetzt mach genau das!

Ach, hab ich's doch geahnt! Ein Code! Der Schlüssel zum rätselhaften Ausradierer. Den holen wir uns!
Da habt ihr's gar nicht weit, folgt den Anweisungen und schon seid ihr einen großen Schnitt weiter auf eurer Suche.
Kollegin Schnipp, du hast uns wertvolle Hinweise geliefert, du bist hochoffziell entverdachtisiert.

Gleich ist es so weit, ich spür das. Mein Clip bazingt wie wild. Los, NUMMER ZWEI, knack den Code, du weißt ja jetzt, wie es geht! Übertrag ihn am besten auf den Rand der SfKuiNZ, dann hast du ihn immer gleich parat.

Gut gemacht, NUMMER ZWEI. Und jetzt übersetz den Lösungssatz von der Pinnwand. Was hat das alles zu bedeuten, ist das der endgültige Hinweis???

Hä? Wir haben WAS? Oh Mannomann. Mein Instinkt sagt mir: Gleich hat er verspielt, der Schuft! Dann hat es sich ausgerätselt, aber so was von! He, STOPP, NUMMER ZWEI!! Wo willst du hin, eine Frage hätt ich noch!

Jetzt mal unter uns Profis, wie lautet dein Verdacht? Na los, sag's schon, was glaubst DU, wer ist der fiese Ausradierer, der uns mit Rätseln quält?! Guck dir noch mal ganz genau die Beweise auf der Pinnwand an.

Ich schreib's hier hin. He, nicht abgucken!

NUMMER ZWEI, schreib hier deinen Verdacht auf.

NUMMER ZWEI, du bist ein Genie! Ich glaub, DU hast es gefunden!

Schäbig. Stinkt. Wenn das mal nicht ziemlich schurkengeheimversteckmäßig aussieht!

heit. Nun war es endlich so
weit: Nur noch wenige Zentimeter
trennten uns voneinander. Wir starrt
uns direkt in die Augen. Ich hielt
kurz inne, um diesen besonderen
Moment etwas auszukosten, bevor ich
das tat, was ein Kommissar tun muss.
9 25 5 11 18 12
2 24 4 18 6
22 25 5 5 2 25 2
21 11 4 21 2 11 20 25 2

Gefahr? Genau deshalb sind wir doch hier!! Wir wollen diesen Fall jetzt lösen! Aber, oh Mann, wie das hier aussieht! Möbel aus Müll, Wände aus geklauten Büchern und schäbigen Papierresten. Die ekeligen Wände tapeziert mit Rätseln und fiesen Kritzeleien. Und dieser Geruch erst! Nasenbetäubend!!

14 24 12 25 21 6
23 22 12
25 19 12 25 12
2 11 20 25

Und erst der Fußboden!! Noch mehr Zettel, noch mehr Müll, noch mehr Gestank. Würg. Alle Spuren führen direkt zur Mitte des Raumes. Sieht fast aus wie eine gruselige Schlucht – Da schießt mir ein Gedanke durch den Kopf: Was hatte Klee B. Band gesagt? „Eine Schlucht, aus der es kein Entkommen gibt“? Sollte der Unbekannte sich womöglich hier direkt vor unserer Nase IN der Mitte des Buches versteckt haben?? Hm ...

Immer tiefer muss ich angeln. Inzwischen ist meine Nase fast taub vom Gestank. Aber dann krieg ich was zu fassen.

Der Verdächtige, den ich soeben festgenommen habe, ist kein anderer als ...
Der Stummel???
HA! Da bist du ja, Feder, du Fiesling! Damit habt ihr nicht gerechnet, was?

„Ups, abgebrochen, kann ja mal passieren, ab in den Müll mit ihm." Tjahaa, das habt ihr jetzt davon!
Das tut mir so leid, so meinte ich das damals doch gar nicht, ich dachte ...

Du DACHTEST? Tja, denkste. Für euch war das nur eine kleine achtlose Wegschmeißerei. Für mich war es eine Riesigkeit, die nach Rache schrie. Ich bin kein „Stummel“, ich bin jetzt ...

DER SCHRECKLICHE STIFTOR!!!

Schrecklicher Stiftor, du bist hochgradig verdächtig, die Stadt ausradiert zu haben und überall dein Unwesen zu treiben. Was hast du zu deiner Verteidigung zu sagen?!
Ja. Ich war's.

Das Verhör verläuft ganz anders, als erwartet. Der Verdächtige plappert und plappert und kann kein Ende finden ...
Ich bin noch halb bewusstlos, und plötzlich spüre ich wie durch einen Nebel diesen Schmerz. Als würd mich jemand durchbrechen und wegwerfen. Und höre noch ganz verschwommen eure Worte.
Dann wach ich auf, IN EINER MÜLLTONNE!! Und je länger ich da drin liege, desto mehr stinkender Müll landet auf mir. Hab versucht, rauszuklettern, ging nicht. Hab gebrüllt und geflucht, bis ich bemerkt hab: Ich bin nicht ganz allein, immerhin.
He! Was soll das! Ich will hier raus!!!

Ein paar andere aus der Federtasche irrten ziellos durch die Gegend, irgendwas stimmte nicht mit denen, waren wohl beim Sturz auf den Kopf gefallen. Die haben mir da rausgeholfen. Hab sie auf meine Seite gezogen. Richtig gute böse Leute sind das. Die müssten nur noch einen Ticken böser werden, damit sie so richtig nützlich sind, aber das krieg ich schon hin mit der Zeit.

Hab mich hier hinten im Buch versteckt und angefangen, mir Gesellschaft zu kritzeln. Die kleinen Kritzelmonster wollt ich trainieren, damit sie mir helfen, euch anzugreifen. Aber die waren zu gar nichts zu gebrauchen, die waren einfach zu nett. Darum hab ich sie weggejagt.

Meine Spionagewolken haben mir berichtet, wie gut es euch geht. Ihr hattet Spaß mit MEINEN Kritzelmonstern. Kritzelt euch 'ne Stadt, arbeitet an einem Fall! Das ist ja wohl die Höhe! Ist doch klar, dass ich Unheil stifte!

Als ich dann noch diese Waffe an meinem Hinterteil entdeckt hab, ist mir klargeworden, dass ich SUPERmächtig bin. Weil ich zwei Superkräfte hab: erschaffen UND zerstören. Ha!

Mein Plan war: dich und NUMMER ZWEI mit Rätseln zu schwächen, euch das Leben schwer zu machen und zu mir herzulocken. Wenn ihr dann nicht mehr könnt, ratzfatz alles ausradieren.
Ich konnte ja nicht ahnen, dass ihr Spaß dabei habt ... Mist. Aber jetzt habe ich dich genau da, wo ich dich haben wollte: Gleich landest du in einer Mülltonne!

Was? Ich? Ein Bösewicht?? Klar, ich wollte, dass was passiert, und ich geb zu, dass ich da ganz vielleicht nicht so richtig nachgedacht hab … Ich muss in Ruhe drüber nachdenken, sobald der Fall abgeschlossen ist. Das Verhör verläuft auch nicht nach Plan. Hier wurden Schritt 2 und 3 übersprungen. Als er kurz Luft holt, nutz ich meine Chance und gehe direkt zu Schritt 4 über.

Weil ich der mächtige Stiftor bin und noch nicht fertig mit dir. Jetzt mach ich mich vom Acker und radier noch eure blöde Ermittlungszentrale aus. Ihr kriegt mich nie.
Äh, wir haben dich schon?!

Das denkt auch nur ihr!

Jetzt haut der ab, bevor ich ihn verhaften kann! Kritzelt eine riesengroße Graffiti-Mauer und verbarrikadiert sich dahinter. Na super. Das Graffiti ist superhässlich, NUMMER ZWEI, hilf mir mal, was soll das denn darstellen?? Wie war das doch gleich: Die 1 lass leer, die 2 mal an?

Mistmauer. Wir sind so kurz davor, den Verbrecher zu schnappen. Aber da kommen wir nie rüber.

... und hier bitte eine Flamme an dieses Streich-holz zeichnen. Jetzt schließ ganz langsam das Buch und dann ...
... wirf es weg, so weit du kannst, und RENNNNNNNN, geh in Deckung! (Danach schnell umblättern ...)

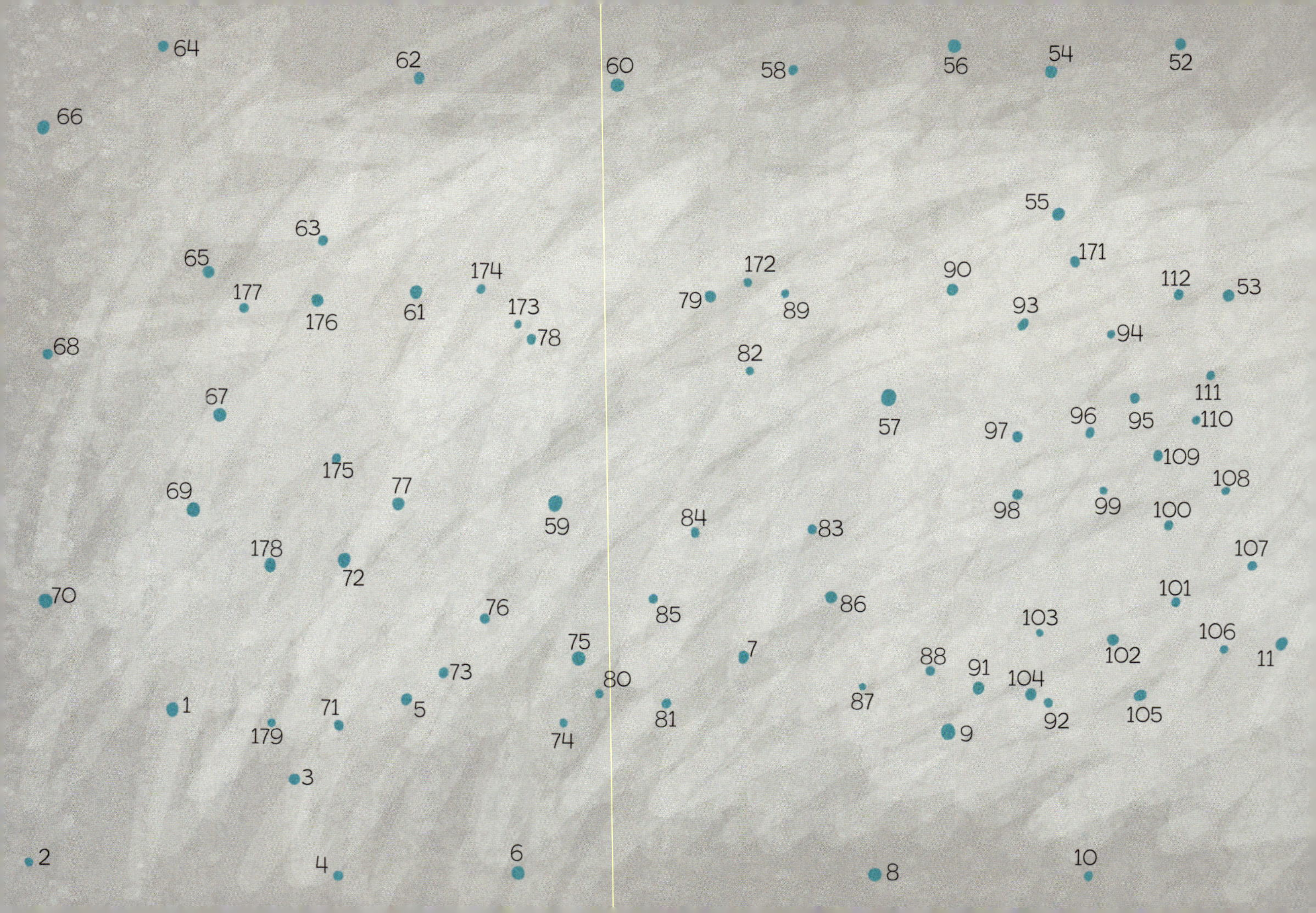

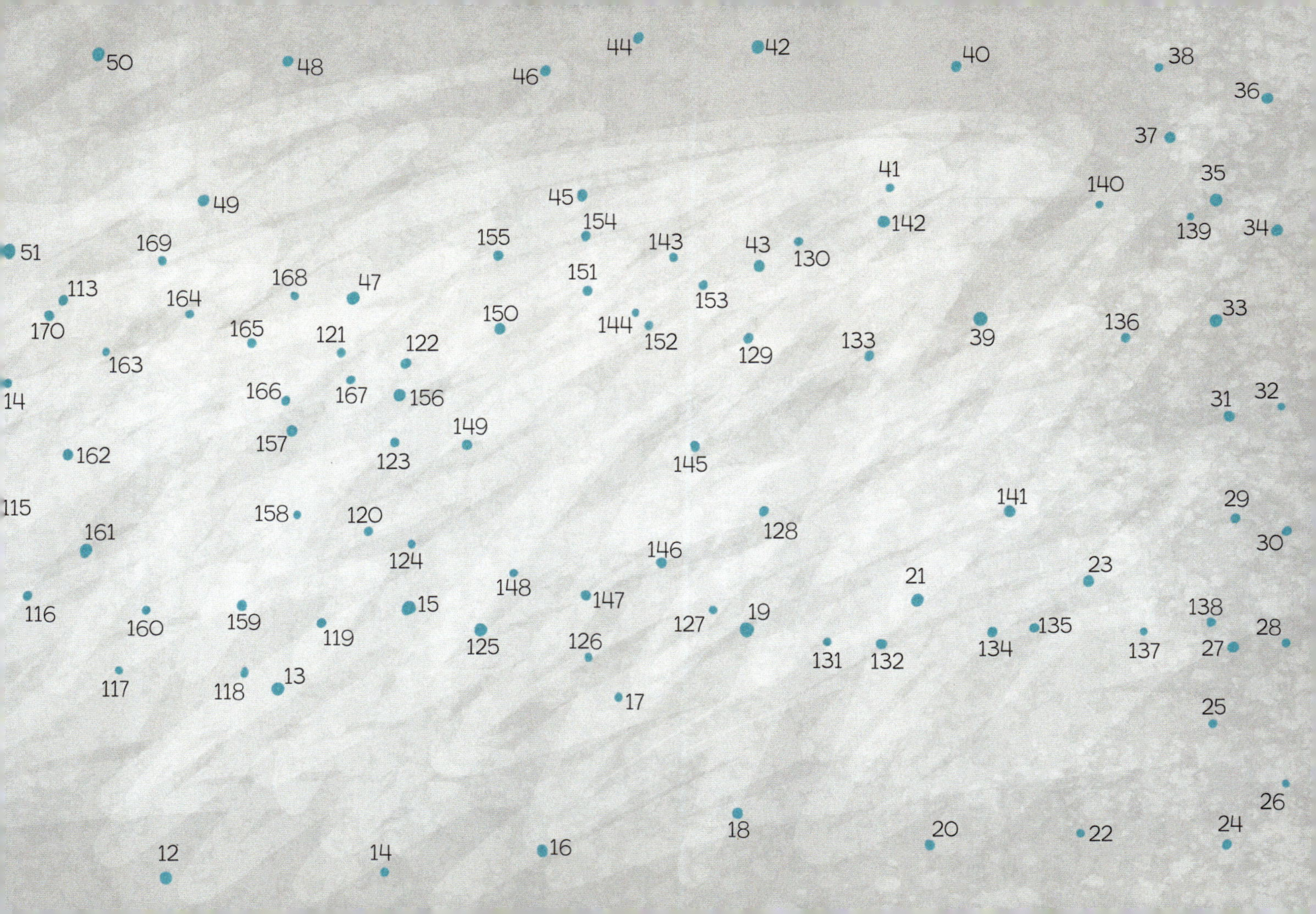

50
48
46
44
42
40
38
36
37
41
140
35
49
45
154
142
34
139
51
169
155
143
43
130
168
47
151
113
164
153
33
170
150
144
136
165
121
39
152
133
122
129
163
166
167
156
14
31
32
149
157
162
123
145
141
29
115
158
120
128
161
30
146
124
23
21
148
15
147
138
19
116
160
159
127
135
28
119
126
125
134
137
27
131
132
13
117
118
17
25
26
24
18
20
22
12
14
16

Oh Mann, war DAS ein Knall. Doch die Mauer steht immer noch da. Groß. Blöd. Definitiv maximal im Weg. Hier klappt nichts, wie es soll. Jetzt muss ich improvisieren. Wir werden den Verbrecher durch Unberechenbarkeit zurücküberraschen. Stärke durch Verwirrung, das ist unser neuer Schlachtplan.

NUMMER ZWEI, hol mal Klee B. Band, Ernst und Sheri her. Zeichne sie einfach in die Lücken, du weißt ja, wie sie aussehen.

So, ihr drei. Es tut mir leid, dass ich euch vom Tisch geschubst hab, als mir so schrecklich langweilig war. Um meinen Fehler wieder gutzumachen, hab ich jetzt ein einmaliges Angebot für euch: Wechselt wieder die Seiten und kommt in unser Team! Zusammen können wir viel Gutes bewirken. Kommissar Feder und die Bürobande, na, wie klingt das? Zuerst könnten wir diesen kleinen Fiesling festnehmen. Gemeinsam.
Nee, die Zeit drängt. Ihr müsst mir helfen, über diese Mauer zu kommen. Die ist so dick, da kommt das Supermachgerät von NUMMER ZWEI leider nicht durch.
Und was springt dabei für uns raus?
Na, ist doch klar, dann seid ihr die Guten und habt MINDESTENS Millionen Skribblingfans.
Und was müssen wir dafür tun? Könnten wir erst noch etwas ruhn?
Fans?? Klingt gut!

Alles klar, wir schnappen ihn! Wir zusammen, als ein Team.
Wo nicht mal Dynamit was bringt, da kommen wir mit Scheren-, Lineal- und Klebepower leider auch nicht weiter.
Wir haben uns die Mauer mal genau angesehen. Die ist aus dynamitsicherem Papier!
Bleibt nur noch eins, was denkst du, NUMMER ZWEI? Wollen wir die Mauer alle gemeinsam rausreißen?!
☐ ja
☐ JA!!
☐ Bessere Idee?: ____________

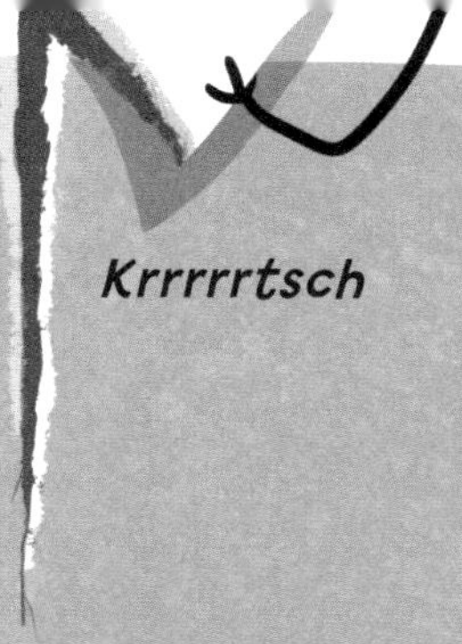
Krrrrrtsch

Was?! Na egal, ich mach euch trotzdem ALLE!

So ein nerviger kleiner Angeber! Aber die Mauer ist weg, jetzt haben wir ihn gleich!

Bevor ich zu Ende erklärt hab, rast Stummel-Stiftor auch schon los und beginnt, alles vollzukritzeln. Los, NUMMER ZWEI, hinterher!!!

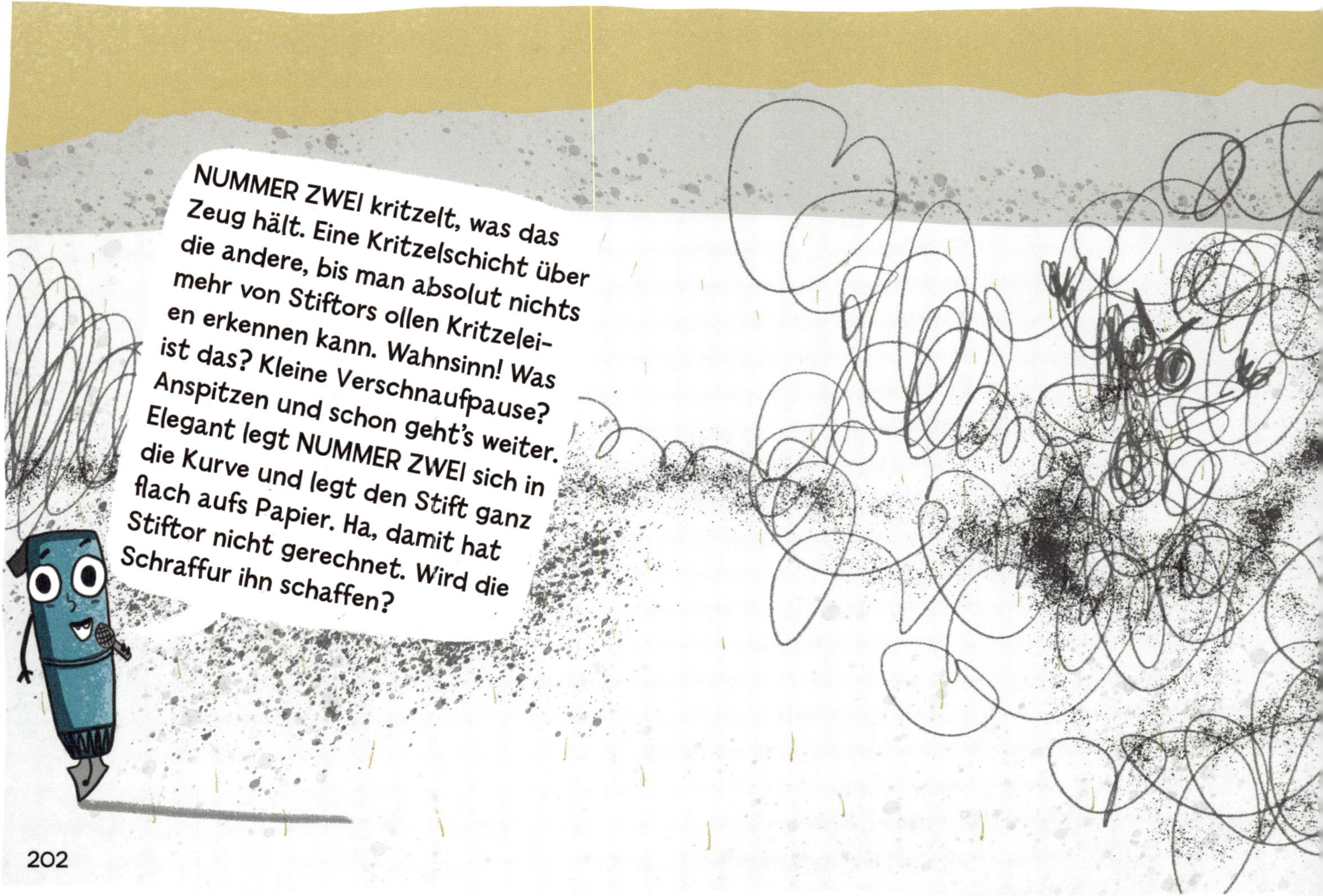
NUMMER ZWEI kritzelt, was das Zeug hält. Eine Kritzelschicht über die andere, bis man absolut nichts mehr von Stiftors ollen Kritzeleien erkennen kann. Wahnsinn! Was ist das? Kleine Verschnaufpause? Anspitzen und schon geht's weiter. Elegant legt NUMMER ZWEI sich in die Kurve und legt den Stift ganz flach aufs Papier. Ha, damit hat Stiftor nicht gerechnet. Wird die Schraffur ihn schaffen?

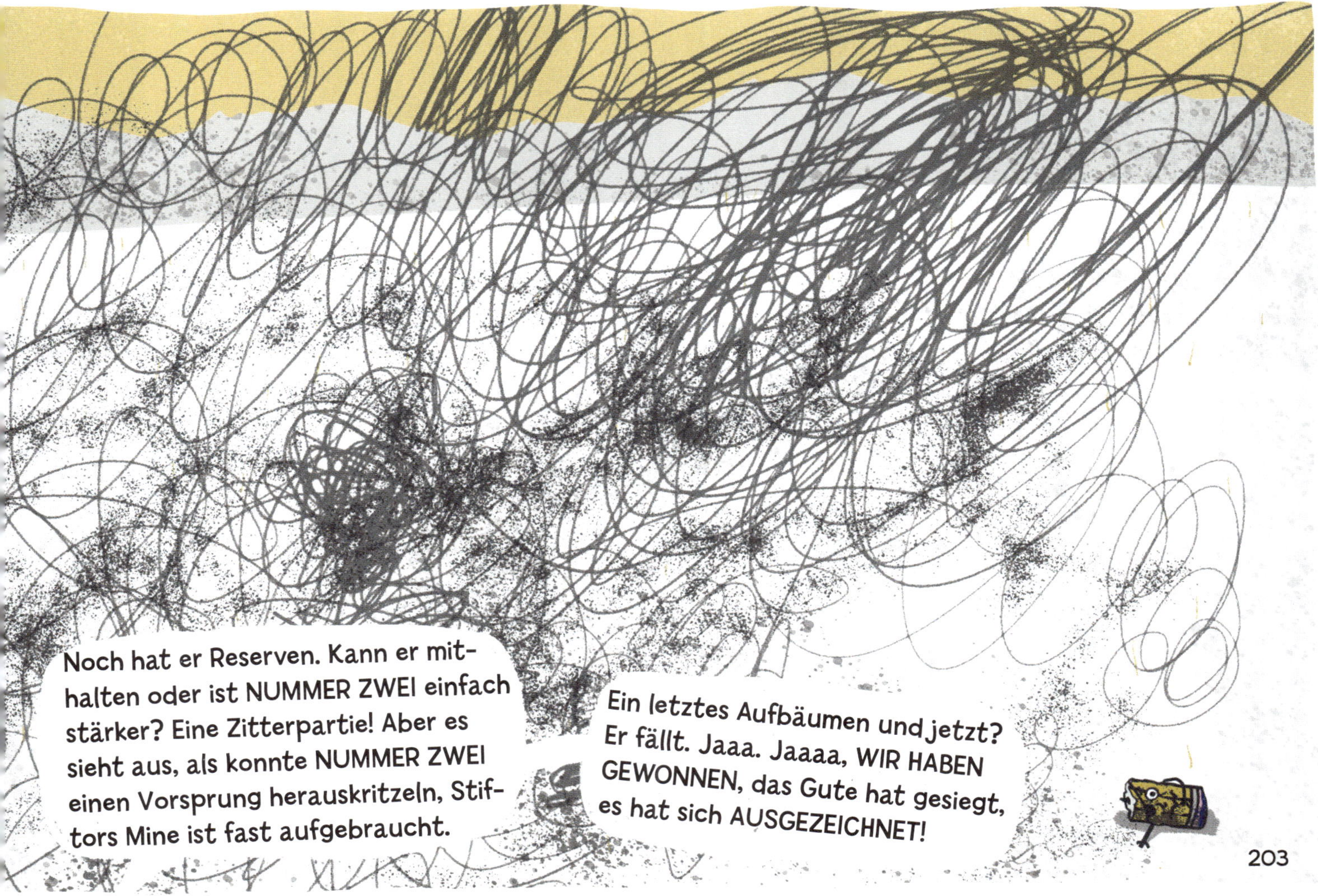

Noch hat er Reserven. Kann er mithalten oder ist NUMMER ZWEI einfach stärker? Eine Zitterpartie! Aber es sieht aus, als konnte NUMMER ZWEI einen Vorsprung herauskritzeln, Stiftors Mine ist fast aufgebraucht.

Ein letztes Aufbäumen und jetzt? Er fällt. Jaaa. Jaaaa, WIR HABEN GEWONNEN, das Gute hat gesiegt, es hat sich AUSGEZEICHNET!

Da ist er nun, DER Moment. Der Schuft liegt am Boden, und ich kann endlich das tun, was ein Kommissar tun muss. Länger hätte ich auch wirklich nicht warten können. Ich atme noch einmal tief durch, um den Moment voll auszukosten.
Dann spreche ich die drei magischen Worte:

Hm. Da ist natürlich was dran. Ich bin an der Sache nicht ganz unschuldig. Aber was soll ich jetzt machen, mich selbst verhaften, oder was? Das ist sicher die schwerste Entscheidung, die ich in meiner gesamten Laufbahn als Kriminalfüller treffen muss.
Wo sind die entführten Skribblinge?!
Denen geht's gut! Die hocken im Paket auf Seite 206 und zocken Konsole. Die gingen mir auf den Stift, also wollte ich die zurückschicken. Bin ja kein UN-Stift!!
Ist das wahr? Wir werden das jetzt überprüfen.

Ich glaub's ja wohl nicht. Stiftor hat recht!
DAS wirft natürlich ein ganz neues Licht auf die Sache.
Guck mal rein, NUMMER ZWEI.
Das macht alles wieder gut, ne? Dann lasst mich jetzt in euer Team!
KOMISAR FEDER NEU KRITSELCITY
Ja! Gut gemacht, Brille!
Hehe, danke, Mopp.

Während die Skribblinge im Paket noch das eine Level zu Ende spielen, lass ich mir Stiftors Bitte durch den Kopf gehen. Ich glaub, ich hab da 'ne Lösung. Mal sehen, was die anderen dazu sagen.

Wie denkst DU denn darüber? NUMMER ZWEI, die leere Sprechblase ist für DEINE Meinung.
Es gibt da diese Sache namens „Bewährung“. Das heißt, er darf mit, aber wir behalten ihn ganz scharf im Auge. Solange er sich fair verhält, ist alles in Butter. Was meint ihr?
Hm hm. Der hat ’ne Menge Mist verklebt.
Statt ihn in den Knast zu zwingen, sollten wir über unseren Schatten springen.
Hmmm.

Zum Glück sind wir uns einig! Wir sind einfach ein super Team.
Ja. Er war schon etwas vermessen, aber nicht abgrundtief böse, das sollten wir nicht vergessen …
Einigen wir uns auf minimalgrundtief böse. Immerhin ist er kein Tintenkiller!
Haarscharfe Entscheidung.
Damit kann ich kleben. Nehmen wir ihn mit nach Neu Kritzelcity und stellen ihn den anderen vor!
?
HALT! So geht das aber nicht!

Du stinkst nach Müll, bist total verdreckt und zer-strubbelt. Wir müssen dich etwas entbösewich-tisieren, sonst kriegen die anderen Skribblinge Schiss vor dir.
Brille hat recht! NUMMER ZWEI, kritzel mal ’nen Schlauch. Und dann: Wasser marsch!

JETZT geht's aber wirklich los. NUMMER ZWEI, gib mir mal die Landkarte, damit das nicht so kompliziert wird mit dem Heimweg. Zurück nach Neu Kritzelcity!
Wo geht's lang?
DA!
DA!
DA!

Was für ein Triumphmarsch. Ich als Kriminalfüller hab allerdings so meine Probleme mit dem ewigen Gelatsche und bin mal wieder sehr froh über meine tolle NUMMER ZWEI. DICH mitzunehmen war echt meine beste Entscheidung.

War das alles spannend, haben wir das super hingekriegt. Nicht schlecht, Herr Specht. Oh, hört ihr das auch?

Wir werden schon von den Skribblingen in Neu Kritzelcity erwartet. Es ist ein Gepurzel, ein Jubeln, ein absolutes Drunter und Drüber, ein Durcheinander an Willkommensrufen. Doch dann: Totenstille. Sie haben Stiftor entdeckt.
Ihr habt ihn verhaftet!! Ab mit ihm ins Loch!!
Verhaftet? Nein, viel besser. Der ist jetzt einer von uns.

Fassungslose kleine Gesichter starren uns an. Die Skribblinge sind schockiert. Ein fieser Ausradierer soll jetzt plötzlich dazugehören? Haben wir den Verstand verloren?

RUHE!
Schluss mit dem Gemecker! Hat dieser Bösewicht die Welt ausradiert? Ja. Hat er die nette Bürobande aus der Federtasche auf seine finstere Seite gezogen? Auch ja. Aber. Und jetzt kommt ein ziemlich großes ABER, kritzel das mal hier unten in die Sprechblase, NUMMER ZWEI.
Er hat auch was maximal Gutes gemacht: Ohne den gäb es euch gar nicht. Wir sollten ihm also eine Chance geben. Ich würde vorschlagen, er kriegt Bewährung. Solange er keine weiteren Straftaten begeht, bleibt er auf freiem Fuß. Es ist genug passiert. Dieser Fall ist abgeschlossen.

Also, Skribblinge, hört auf zu maulen. Schließlich ist jeder willkommen und ihr habt ein großes Herz für Stifte.
Hmmm. Oookkkkeee. Stimmt schon. Na gut. Wollen wir mal nicht so streng sein. Wenn's sein muss. Der könnte ja auch hier wohnen, also dahinten vielleicht?

NUMMER ZWEI, hier auf dem kleinen Hügel kannst DU ihm was zum Drinwohnen kritzeln. Aber der kriegt kein Haus, der kriegt 'n Stiefel. Dicht genug an der Stadt, um dazuzugehören und weit genug weg, um uns nicht auf den Keks zu gehen. Mit anderen Worten: die perfekte Stinkstiefeldistanz.

Ach, das fühlt sich gut an, ich bin sehr zufrieden mit unserem ersten Fall. Jetzt schön gemütlich in der Zentrale aufs Sofa plumpsen lassen, das wär's, stimmt's, NUMMER ZWEI? Aber vorher müssen wir noch mal rausfinden, warum die Skribblinge so aufgedreht und erwartungsvoll starren.
Na los, spuckt's schon aus. Was wollt ihr?
Nur 'ne kleine Frage.
Klitzekleine Frage.
Was machen wir jetzt?

Keine Ahnung, was ihr macht.
Aber für mich steht eins fest:
Ich mach jetzt Feierabend!
OH JA! Eine kleine Feier! Am Abend! Und mit klein mein ich: SO GROSS WIE MÖGLICH!
GÄSTELISTE
Alle* sollen kommen!
• Klee B. Band
• Schnipp
• Ernst Schmidt
• spezielle Überraschungsgäste
• alle ~~mijonen~~ mijarden SKRIBBLINGE
UND als Ehrengäste
Kommissar Feder und Nummer ZWEI!
*Na gut, auch Stifter

Es wird ein tolle Party. Die beste, die Neu Kritzelcity jemals gesehen hat. Na ja, streng genommen ist es natürlich die allererste Party. Aber das macht nichts. Laut Ernst Schmidt hängt sie die Messlatte für zukünftige Feste extrem hoch. Wir tanzen bis zum Morgengrauen, sogar Stiftor.

Alle sind happy, essen jede Menge Kram und es gibt sogar ein Feuerwerk, eigenhändig gekritzelt von meiner NUMMER ZWEI!
Knipps, mach mal ein Foto von uns, als Erinnerung.
Na klar!

Wow, top Foto von uns beiden. Endlich kann jeder sehen, wie meine NUMMER ZWEI aussieht, super.

Ziemlich laut hier, ich will dir was sagen, NUMMER ZWEI, komm mal mit.
Immer noch zu laut.
Ja, hier ist es schön, setzen wir uns kurz.

In der Stadt tobt weiter die Party, aber wir sitzen nun hier.
Ich bin maximal zufrieden mit uns.

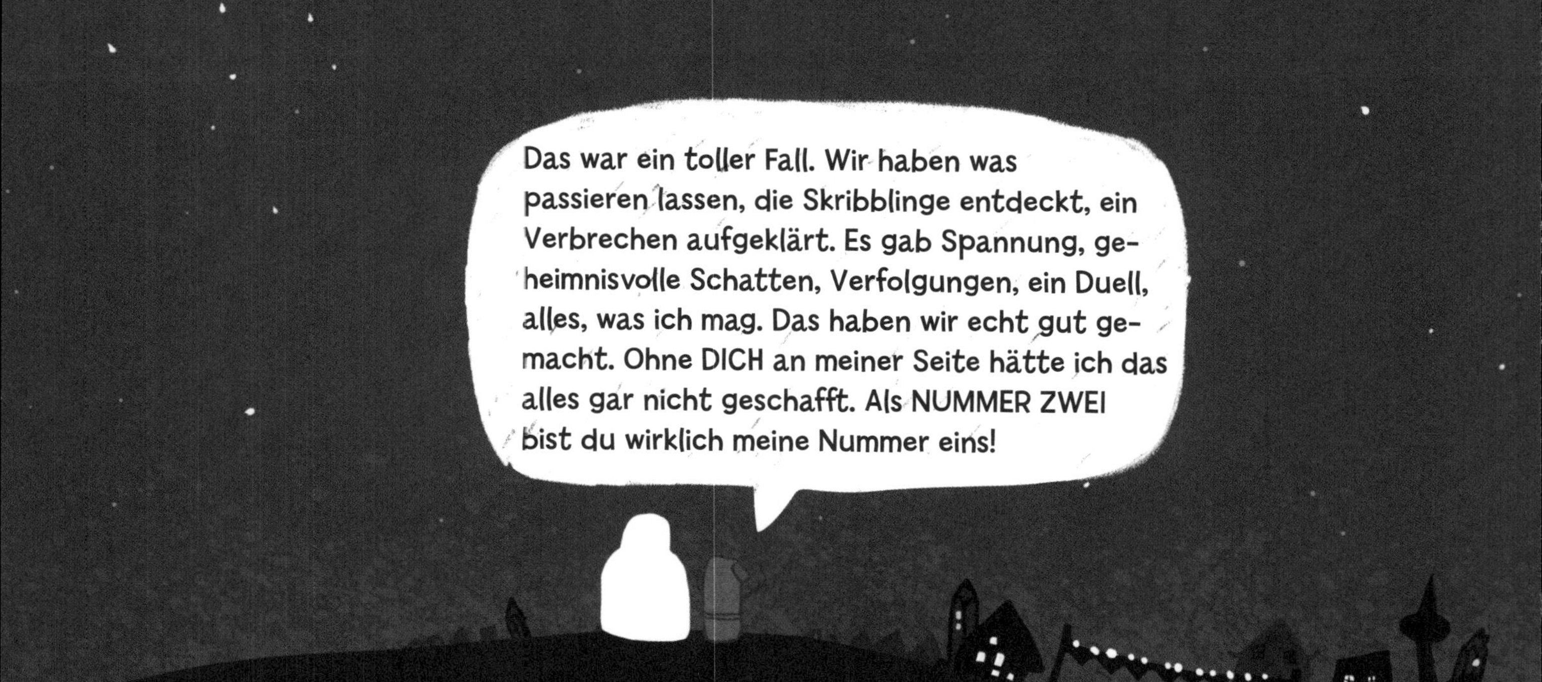

Man könnte noch soooo viel mehr erleben, mehr Fälle, mehr Verhöre, mehr Verhaftungen, Befragungen, Gegenüberstellungen. Und mit dem Tintenkiller hab ich ja auch noch ein Hühnchen zu rupfen.

Obwohl, hast du eigentlich schon mal was vom Locher gehört? Der ist vielleicht sogar minimal gemeiner. Aber von dem erzähl ich dir ein anderes Mal. Für heute reicht's mir. Ich bin so müde. Auch ein Kriminalfüller braucht mal 'ne kleine Verschnaufpause.

Jetzt sind wir einfach still. Sitzen hier und genießen die Ruhe. Herrlich.

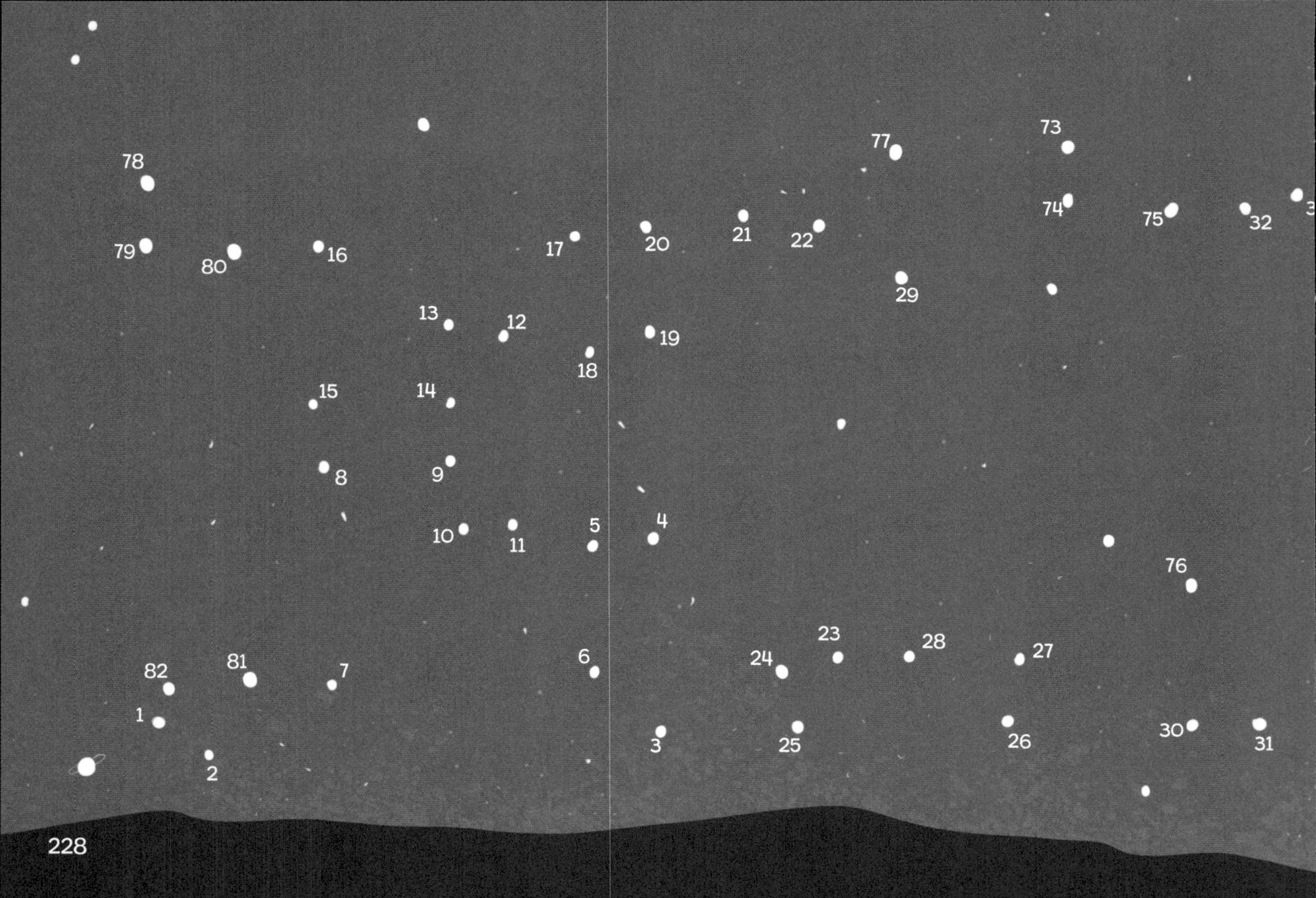
78
79
80
16
17
20
21
22
77
73
74
75
32
29
13
12
19
18
15
14
8
9
10
11
5
4
76
23
28
27
24
6
82
81
7
1
3
25
26
30
31
2

Oh, hast du das gehört?
Hat da was GEKNACKT?

Über die Autoren

Doro Ottermann

schreibt seit vielen Jahren Mitmachbücher und Ankreuztagebücher. Sie liebt schlechtes Wetter und lebt deshalb gemeinsam mit ihrer Tochter in Hamburg.

Großes Danke an: Lise, Christian, Merle, Marlene, Chris, Svenja, Katrin, Maike, Lennart, Nike, Hubert, Rike, Dina

Dein Name
Biografie:
Danke:
AHA

S. 56: 24
S. 61: 18, 12
S. 64: 18
S. 69: 11, 8, 6
S. 80/81: 3
S. 82: 24
S.108/109: 4, 18, 25, 12, 20
S. 116: 4
S. 148/149: 18, 11, 5
S. 162/163: 5, 25, 2
S. 171: Jedes dritte Wort lesen

Originalausgabe
1. Auflage

Umschlaggestaltung: Frauke Schneider
Satz: Doro Ottermann
Druck und Bindung: Livonia Print SIA,
Jūrkalnes iela 15/25, LV-1046 Riga, Lettland
Printed 2021
ISBN 978-3-7513-0020-9
www.dressler-verlag.de